多小是小

赵培光 ◎ 著

长春出版社
全国百佳图书出版单位

图书在版编目（CIP）数据

多小是小 / 赵培光著. -- 长春：长春出版社，

2025. 1. -- ISBN 978-7-5445-7800-4

Ⅰ. I267

中国国家版本馆 CIP 数据核字第 2024XY4577 号

多小是小

著　　者　赵培光

责任编辑　闫　伟

封面设计　宁荣刚

出版发行　长春出版社

总 编 室　0431-88563443

市场营销　0431-88561180

网络营销　0431-88587345

地　　址　吉林省长春市长春大街309号

邮　　编　130041

网　　址　www.cccbs.net

制　　版　长春出版社美术设计制作中心

印　　刷　长春天行健印刷有限公司

开　　本　880毫米×1230毫米　1/32

字　　数　190千字

印　　张　8.125

版　　次　2025年1月第1版

印　　次　2025年1月第1次印刷

定　　价　49.80元

目　录

3

云是云　烟是烟

辽阔的天空里，云和烟最为相似了。相似到像双胞胎，甚至比双胞胎还要相似。人们的肉眼，几乎无从（也无法）分辨。只能马马虎虎地推断：高处的是云，矮处的是烟。推断之后，连自己都半信半疑，没个肯定的答案。

云要什么答案呢？烟也不要。

一个人的时候，不论心情较好或者较坏，我都喜欢遥望天空。确切地说，是喜欢遥望天空里的云。不错，云聚云散，云重云轻，承载着我的生命意识与觉悟，时而纯真，时而梦幻。亦真亦幻，万千气象，随了一时的痴迷……

跟天空呼应的是大地，跟云交错的是烟。天地永相对，云烟常相缠，实在难解难分。挠头归挠头，禅家诲人不倦的那句话，叫"淡看人间事，潇洒天地间"。

何况，云是云，烟是烟。

首先是望云。云，不问来处，不问去处，行游在天空里，散散漫漫，逍遥自在。说它是无字书，却可以读懂其中的内涵；

说它是无题画，却可以悟透其中的精髓。跟着云去了，等同跟着艺术去了。艺术的世界里没有障碍，一片又一片，无边的世界无边的云。

积极迎合云的便是烟，唯有烟。烟，生自大地，却向往天空。它聪明着呢，晓得利用自己的先天优势，满世界地寻找伴侣及知音。碰到了云，才肯放松，才肯把身心托付给云。并且，以云的方式继续行游，哪怕从此没了踪影。

幸亏有云！

在云的低端，是烟伸出的手，宛如求助，只好拉它一把。我沉醉于云象间，不免用眼睛做无数个"美拍"。云不负我心，尽情地表现或曰展示。那当口，云是山峰，是波涛，是动物，是植物……一概收入眼底，令我乐不可支。竟然忘乎所以了，目光向下移动，便接触到烟。烟是来暧昧的，是来投怀送抱的。可惜，那一种谄媚里，透出丝丝缕缕的毒，毒素，毒意，呜呼复哀哉。

烟，最初是烟。大模大样的烟，半空中摇身一变，俨然大朵大片的云了，绚丽而迷离，淡远而幽深。小时候，平房起居、出入，最爱的便是黄昏时分。户户升起炊烟，袅袅腾腾，不多会儿，陆续有大人喊孩子回家吃饭了。春节当然更好，鞭炮噼噼啪啪炸响，空气中充满香香的火药味，随着烟尘纷纷飘上了天。天上有没有云呢？不记得了。

哦，原来烟是烟，云是云。

近处看烟，往往求之于食；远处望云，往往求之于梦。烟烟，云云，与尊卑无关，与雅俗无涉。男人说烟如生活，女人说云似爱情。说到底，生活里的尊卑和爱情里的雅俗，理所当然地落实到个人的头上或身上，与烟与云没什么干系。烟有烟生活的理由，云有云爱情的趣味。

云很从容，也抒情，到了空中的烟也是一样的从容和抒情。事实上，跟烟比较，云是纯粹的，既无心机，也不要手段。"我是一片云，天空是我家"。在自己的家里，云没什么任务，也没什么主题。它要啥出啥，想啥来啥，极尽艺术之功。不要探求它究竟想怎样，它总是那么漫不经心，只想随遇而安。烟呢，出身与出发点都不好，飘来荡去，效仿云的姿态，兴许也能给一些吉祥及祝福。

尽管云是云，烟是烟，犹如泾水渭水，自得其乐。然而，人们仍旧习惯于混为一谈，叫它们为云烟。其实，一个生于天空，一个生于大地，合二为一，没了烟形云状，云烟成了久远的历史（的碎片），成了模糊的故事（的细节），成了似是而非，以至虚无的东西。生活中，虚无的不是琐事，而是境界。

风，才是云烟的设计师。岁月的风，在天空的大背景下，留下了多少云烟往事，只有岁月知道。不，岁月也不知道。

独自出行

一

我喜欢独行,却够不上侠。心气不够,脚力不够,抱负也不够。然而,这些并不影响我的喜欢。像雨水喜欢土地,喜欢到一定深度,忘我如斯。

这么说,好像我云游天下、四海为家似的。其实,很惭愧,绝大部分的时间,我不过是在自己的意念中突围。远方有多远? 依据每个人的足迹去丈量;远方在哪里? 依据每个人的精神去探索。我经常去远方,实际上也不知道远方有多远抑或远方在哪里。哲学上的命题,留给有兴趣的人吧。我独自出行,起伏跌宕,只为心中那一朵朵梦想,绚丽芬芳!

二

独行,即:独自一个人,天地任我行。既潇洒,又逍遥。

是不是呢？不是的。一个人的行程，吃喝拉撒乃第一要务。样样顺遂，只有做梦，梦境也是虚着来去。光落实诸多细活儿，便坏掉了大部分心情。何况刮风了，下雨了，落叶了，飘雪了，哪一种遭遇，凡体俗骨的我能经受得起？在家里，在亲人身旁，已然被照料惯了，日久成习。妻子戏而谑之：除了饭是自己吃的，澡是自己洗的，地道的甩手掌柜。

且慢，我连掌柜也不做。天天忙活自己的工作（美其名曰事业），寒来暑往，暑往寒来，赚些养家糊口的小钱，也算尽心尽力了。出门在外，孑然一身，没办法高贵，没办法傲慢，只有亲力亲为，尽量照料好自己。经常马马虎虎，经常咸咸淡淡，经常于陌生中悠长地翘望。所谓"在家千般好，出门万事难"，这是我的写照，真实，真切，真正的"意恐迟迟归"。

哪里会生发那种黄昏的舒心——"走在乡间的小路上，暮归的老牛是我同伴。蓝天配朵夕阳在胸膛，缤纷的云彩是晚霞的衣裳"。

哪里会生发那种夜晚的惬意——"闲居少邻并，草径入荒园。鸟宿池边树，僧敲月下门。过桥分野色，移石动云根。暂去还来此，幽期不负言"。

外乡人的黄昏与夜晚，郁郁快快，灵魂沉入苍茫。

即便是这样，远方依旧是我的向往，我的柔柔韧韧的向往。

三

与芸芸众生相比，我已经很幸运了。身体不弱，朋友不薄，情怀不空，读写不止……这么些个优势，想来一次"说走就走"的出行，当然易如反掌。

在路上，人兴许会发现（遇见）最好的自己。何止是放松了，简直是放空了。这样的情形下，花开花的，水流水的，鸟飞鸟的，云游云的。时光只是时光，似乎跟谁都没有关系。

可惜，我却是个软家伙，整装待发的日子里，纠结着，犹疑着，搁浅在所难免，有些机会甚至放弃了。放弃，留在心底的或许是更大的遗憾。因为放弃一次出行，就等于放弃一次游览自然景观与人文景观，放弃一次领略悠悠历史、楚楚现实以及茫茫未来。私下里不由自主地嘀咕，从前的公子小姐出行，总有书童和丫鬟在身边服侍，那才是方便。我这个小户人家，出行多是影子相随，怎么可能神灵般异想天开？

话又说回来，心底还是有抚慰的，抚慰来自格雷戈里·考伯特那句放浪山水而又意味深长的告白："我将会找到，我遗忘多年的面孔，我自己。"

格氏 1960 年出生在加拿大，春风得意，被公认为王牌摄影师。然而，正值如日中天之时，他自动消失了 10 年，远征 27 次，拍下了震惊全球的人、动物和大自然的微妙关系。在他劳作的背后，是无数的市井人群，熙来攘往，热热闹闹，一不留神却把自己（亲爱的自己）丢了。

人海中，丢了也不觉得！

生命的知与行，不在话下，而在脚下。一颗心，干净着，照耀着，由少年到青年，由中年到老年。

四

我的独自出行，远远近近，冷冷暖暖，缺乏醒世意义，无非看人和看景。不过，一个人在路上，平时那些忽略或省略的事情，被一张张面孔演绎在脑海里，痴痴缠缠，意犹未尽。

哦，独行于风中雨中霜中雪中，红颜隐去，蓝颜隐去，谁道不销魂。难是难，千难万难，最怕的是意外。意外是什么呢？不是没食没水了，而是迷失方向了，而是陷入困境了。所幸，我的经历多在意料之中。意料之中，平稳过渡，让我得寸进尺地迷恋山水。

意外也是有的，并且刻骨铭心。30年前，我随长春市作家协会赴林区采风，采花草，采蘑菇，采参叶，一路笑语欢歌。6月10日，登长白山天池。前面的人没踪了，后面的人没影了，剩下孤单的我被困在半山腰的雪窝子里。死死地侧卧着，欲动不敢动，欲喊不敢喊，眼瞅着身边的滚石七七八八地顺势而下，一时间欲哭无泪！有好几次，意识几乎垮掉了，只要松开手脚便会顺着陡坡滚落到山脚，那里是来时的小道。绝望之际，终于见到几个"走"山的农民，我用手势急切地求救。他们发现后，一点一点地接近我，终于把我从雪窝子里拉回到安全地带……

或许做下病了，再以后，无论我在哪里，山顶、海边、轮船上、飞机上、长途客车上，只要我一个人出行，往往会想到意外，想到死。禁不住，热泪盈眶。

五

经验告诉我：独行是独立的一种外化，其实质是更多的人既本真又畅达的理想状态。所谓山水犹在，清音自来。独行注定了独处，那些不分昼夜的长长的或者短短的独处。

李白便是独行日月、独处天下的榜样。他的诗词中，总是不失时机地"晒"出自鸣得意的好境好情。独行——"仰天大笑出门去，我辈岂是蓬蒿人。"

独处——"花间一壶酒，独酌无相亲。举杯邀明月，对影成三人。"还有更绝妙的《赠汪伦》呢！

一听说有桃花潭，一听说有万家酒店，他便不辞劳苦地跋山涉水去了。抵达之后，方知与想象的美景大相径庭。不过，他并未失望，毕竟他摸透了友人的心路。离别时刻，由衷地道出了兄弟般的友谊——"李白乘舟将欲行，忽闻岸上踏歌声。桃花潭水深千尺，不及汪伦送我情。"

思绪绵延，忽然勾起了我对另外一个人的怀念。

他，就是余纯顺。一箪食，一瓢饮，形单影只，徒步罗布泊，探索深藏的奥秘，直至消失在茫茫的沙漠里。这种壮怀激烈的大义，名扬八方，名垂千古。

人生有味是清欢。余纯顺活出了味道，同样也死出了味道。悲壮吗？绝对悲壮！忧伤吗？绝不忧伤！

六

印象中的独行侠，最早是电影《佐罗》中铁马雄风的佐罗，他头戴礼帽，眼扣黑罩，一身披肩大氅，一柄凌厉长剑，在天地间呼风唤雨，在人海中神出鬼没，挑落了一桩又一桩的凶残与邪恶。

潇洒佐罗，无愧于我少年及青年时代的英雄，英雄中的英雄！

进入中年后，我的心力、体力及努力，已经支撑不起行侠仗义、气吞山河的神威（或神武）了。作为一介书生，我觉得卢梭和梭罗同样是英雄，别样的英雄。他们充分享受独行，陶醉在独处的快慰与幸福中，远远地逃离喧嚣的闹市，远远地躲开虚浮的繁华，守望一泓碧水，深入地梳理自然与人生，结集成《漫步遐思录》和《瓦尔登湖》，传达给每一个渴求纯净、渴求深邃的你，或我，或他。

七

无论武雄，抑或文雄，身上无不透射一种平天下的气概与气度，哪怕雄关漫道。

寻常人，却喜欢独善其身。简而易得的方法是："独守一方土，独耕一亩田。独居一斗室，独享一朝闲。"我，便是这寻常人中的一员。所以，每次"独在异乡为异客"，我总是免不了被寂寞偷袭。寂寞的时候，我会痴痴想念遥远的亲人和友人。他们在我的生活中多姿地点缀，在我的生命里多彩地点染，使我的内心感到踏踏实实。那么，谁又是我生命之"锦"上绚丽绽放的"花"呢？

好久没有出门在外了，一个人去体验那朦朦胧胧的"诗和远方"。无奈的陷落中，我感觉到浑身滞重，生锈了似的，再不上路，都快魂牵梦绕了。我的"桃花潭"在哪里？我的"汪伦"在哪里？

人啊人，终究是独自地来，独自地去，无论有多少牵挂与系念！

老 地 方

人世间，最富于情味的三字词不是"亲爱的"，而是"老地方"。大家都受用，尤其红尘热恋。

随便哪一个地方，或湖畔，或桥头，或街口，或树下，哪怕柴草垛旁，哪怕垃圾箱边。因为彼此的相约在那里，上演过相识相知、相亲相爱、相诉相泣、相别相离的电视剧，绵延且起伏，起伏且绵延，进而成就了"生命中不能承受之老"。

哦，悠悠心会，一个不可言传的老地方。

老地方好吗？超级好。对，要多好有多好。在那里，季节被同化了，全是春天；年龄被同化了，全是韶华。疲惫的时候，烦躁的时候，孤单寂寞的时候，老地方就如彩灯般旋转于脑际。约吗？约啊！约到老地方，南风熏兮，恍若仙境，整个人蓦地亮堂了，亮亮堂堂。

何止这般的好？近乎神矣！

不神吗？平平常常的地方，某一天的某一刻，得宠一样被提及，被约定，则灌注了诗情，则安顿了画意。成为一个传说，演绎着不那么平常的点点滴滴，不平常的开始和结局。

只有，不辜负。

生命狭长，而老地方拓宽了积极的生命。

老地方啊老地方，隐隐现现，不声不响地承载着两个人的时间与空间，包容着两个人的得意与失意。亿万江山，千百心思，什么样的地方，比老地方更豁达？什么样的地方，比老地方更忠贞？岁月沧桑，老地方不动；世事苍茫，老地方不移。

偶然的一次相见，必然的一次相别。老地方，于偶然与必然中，见证了一场又一场的悲欢离合。悲欢从心，离合从身，身心全部交给了爱情。不错，老地方既不是爱情的起点，也不是爱情的终点，却无疑是惺惺相惜的亮点。

可不可以这样说，有多少种爱情，就有多少个老地方。葳蕤着也罢，荒芜着也罢，伴随着生活而生、而活。只是，老地方不语，它把一切默默地收纳，从不透露半点儿风声雨声，包括主人的姓名和模样。事实上，老地方得而复失，富未必富，贵未必贵，富贵梦的缺失与缺憾，免不了漏洞。怕只怕，久郁成殇，垮掉了一个又一个期冀。

老地方不是为什么人专设的，更不是谁的专属。放眼望出去，两个人认可的地方，即是最好的地方。无须赘言，爱原本是共识与共情的产物。地方就一个，前面加上"老"字，从此有归宿、有着落了，雨润风抚，渐入佳境。

两个人的机缘巧合，不知磨破了多少日光和月光。忽然的一天，独自踯躅在老地方，而无约，心里不好受。不好受的当口，往往会动傻念，要些自欺欺人甚至自取其辱的把戏。啥意思？

跟自己过不去？情感非烟，尽可以否认，但不可以否定。

浮浮沉沉，一辈子的是命。

深深浅浅，一阵子的是情。

简单吗？不简单。"地方"归"地方"，"老"却难当，老来老去，老出了无穷的韵味和无尽的怀想。人要活得如鱼得水，老地方堪称教堂。要么不困于情，要么不乱于心。或许，是我误识了，光天化日之下，那些中了邪似的小信徒们，卿卿我我，耳鬓厮磨，不知如何是好，一时间"直把杭州作汴州"了。

老地方讲究，绝不厚此薄彼。无论贵贱、高低、胖瘦、黑白，一朝选择了它，注定矢志不渝。除非被掳走，除非被毁尽，默默中赫然闪耀，以存在的方式等候一个人及另一个人。人不来，它也等。什么"海水永不干"啊，什么"天也望不穿"啊，老地方不会一咏三叹！

幸运是具象的，如果老地方是桥头，而桥依旧在；如果老地方是树下，而树依旧在。不幸呢？却是由具象转化为虚无，如果老地方是湖畔，而湖随云雾去了；如果老地方是街口，而街随人流去了。

怕病吗？不！怕老吗？不！怕只怕彼此之间的淡漠。漠去淡来，或许就丢掉了自己。自己迷失了，空留缱绻旧日，一声叹息一地伤。

毫无疑问，老地方坚守有效时间，远去的只是春夏秋冬；老地方捍卫有限空间，瘦了的只是风花雪月。理所当然，鞠躬尽瘁。倒是曾经的痴男怨女，要么背弃了老地方，要么远离了老地方。怪岁月吗？春是春，秋是秋，春秋一场爱情，风雨里飘蓬一样散了，没了。

向天再借五百年？黄粱美梦。终于弯下腰来，一如过往地生活，柴米油盐都老了。远远地望去，老地方尚好，别梦依稀。幡飘扬，转经筒的人，踪影已然无觅。

哦，老地方，就是老了愈加惦念的地方。心血来潮，难得漾成一片春水了。

温暖的春水里，等待一条鱼。

阿勒泰的惦念

西北望长安。再望，则是阿勒泰了。2018 年 9 月中旬，如同牛羊转场一样，我把自己散放在满眼精彩的阿勒泰。那山，那水，那人，缱绻悠悠地阅读了我。不不不，是我缱绻悠悠地阅读了绵亘的山、清亮的水、素朴的人。

从阿勒泰回来，魂儿没能跟上躯体，依然在"金子"的怀抱里游荡呢！

远方，恍若天边；近处，仿佛眼前。哦，风起雨落，深荷厚意。老实说，始料全然未及，我的难以素描的惦念竟来得这般迅疾，挚切而浓郁。

富蕴、哈巴河、吉木乃、布尔津，一组组淡远且迷幻的镜头，意犹未尽地在我的脑海里幻构成一部超时空的电影……

之一：户儿家

知道户儿家吗？我也是第一次听说。并且，第一次身临其境。

红墩镇是户儿家的"家"。如果不是深入萨里铁热克村，我就无法领会"户儿家"的内涵与外延，更不能感受"户儿家"的温度与深度。

幸好，我来了。

走进村民委员会院里，蔬菜、花果，绿莹莹，红闪闪，竞相媲美。我俯下身，细细端详，期望看出它们的品质。我还想知道，西北的阳光注入给它们的究竟是什么。

什么呢？

容不得我发思古之幽情。俄顷，便有人喊我入室了。热情的村民以笑脸、掌声和歌声迎候在门内，蓦地点燃了我。正前方，悬挂的幕布上，写着——绿荫底下共乘凉。一场经典舞台剧，刷新了远方来客的目光。咚咚呛呛，热热闹闹，主题只有一个：民族团结这棵树大了、荫浓了，子子孙孙好乘凉了！

此前，我习惯于"大树底下好乘凉"的论调。户儿家之论、之调，愈发显示出积极的广泛的意义。

户儿家自然有户儿家的文化记忆。1862年，40余户太平天国和西北捻军的后裔从内地逃难到这片土地上，被哈萨克族归纳为"第十三部落"，得以生存，得以通婚，得以融合，得以延续。

汉人农耕、养殖、渔猎等劳作方式，带动和改变了当地惯常的生活面貌。2012年，户儿家媳妇李红秀，经过漫长而辛苦的筹备，终于建起了"户儿家民俗陈列馆"，碓窝、石磨、棕绳、打绳机、缝纫机、马镫子等百余种老物件，尽职尽责地讲述着过往的岁月。而实际上，户儿家早已是多民族之家，最多一家甚至拥有汉族、回族、维吾尔族、蒙古族、朝鲜族、哈萨克族、锡伯族等。他们并不掩饰内心的荣耀，总是自诩为"老新疆"。

交融也好，和睦也罢，户儿家绝对称得上民族团结的一个缩影。

之二：3号坑

3号坑在哪里？那个堪称中华人民共和国功勋的3号坑在哪里？

且慢，可可托海告诉你。

一提到海，我就情不自禁地激荡和沸腾。

海呢？可可托海不是海。这里没有海，也寻不到海。倒也无妨，贴着阿尔泰山脉起伏地行进，便会蓦地发现山腰处凹着一个硕大无朋的坑。专业术语称"3号脉"。

毛泽东题词：开发矿业。

西南、东南、东北的热血青年、军人、知识分子汇聚在这里，穿过山冈、河流、木桥、房舍、食堂、电影院，连同3号坑的露天开采，谱写了一曲又一曲生命的壮歌。

据说，3号脉是世界级别的大型稀有金属花岗伟晶岩脉，盛产86种矿物质。与同类矿脉相比，铍的资源量居全国第一位，锂、钽、铌、铪、铯的资源量居前十位。

3号脉以矿种之多、储量之大、品位之高、成带之分明被地质界公认为"天然地质博物馆"。3号脉伟晶岩矿床发现于1930年，1940年由苏联组织的特别地质考察团进行民间开采；50年代初期中苏合营共同开采；60 年代，这里的稀有金属为我国偿还苏联外债以及"两弹一星"的成功发射作出了不可磨灭的贡献。1999 年，在完成设计开采量后宣告闭坑，结束了它辉煌的历史。

我站在远处凭吊，目光静静地输送着心底的崇敬。也许，它太累太累了，自顾自地睡着，安详且安好，连呼呼啦啦的风，也唤不起它的老梦、老去的美梦！

《可可托海之歌》唱道："我那故乡的山，我那故乡的雪，额尔齐斯河水奔腾流淌……"而我，一个形单影只的外乡人，心意沉沉，泪眼蒙蒙。多想，多想带走它，带走那似乎永远不会醒来的 3 号坑，或曰 3 号脉。

之三：哈巴河

显显赫赫的额尔齐斯河，拥有众多分支。其中之一的哈巴河，以流量大、流速快、流程长的特征，给予我无尽的想象、眷恋及追寻。

何止成全着一个县？往近了说，它成全着岸畔的奇石和桦树；往远了说，它成全着明天和未来。抛开这个远近之说，河水浮游着诸多有机生物呢，尤以北极茴、哲罗鲑、小白条等名贵鱼种而闻名天下。

这一次，前往哈巴河，经过五六个小时的颠簸，依然兴致不减。车一停，我便抄近路扑奔过去，并且坐在河滩上。人痴了，便暗自期盼一位哈萨克少女翩然舞来，手持着羊鞭，歌声飘荡在这天然牧场的上空，像云彩一样。哪有这等好事呀？忽然，念及一句戏言：长江黄河哈巴河。也好啊，我倒是要探探，这条当地人自鸣得意的"第三大河"藏着什么奥秘。

是啊，关于河流的奥秘！

我童年的吉林，也曾有过一条河流。

这条河出身似乎卑微，竟没有一个正式的名字，人们叫它大河套。除了冬天滑爬犁、支冰车，春夏秋三季时常去那里洗澡、摸鱼、抓蛤蟆。斗转星移，我十几年后再回去看它，早已消逝得无影无踪，像不曾存在一样。

我安家的长春，一条河流瘦瘦的穿城而过，辛劳宛如母亲。只是它过于潺湲和迟疑了，稍微宽阔的地带便被修建成亭台阁榭，供市民休闲娱乐。从它旁边走，或者不经意间想起它，总让我担心哪一天它也只剩下干涸的古河道，不复存在了。

毫无疑问，有河的地方就是有福的地方，就是有希望的地方。向水而生，一代代，一世世，世世代代地繁衍下来，进而庞大起来。

哈巴河生性达观，以致出嫁一样把自己托付给了额尔齐斯河。直到在出境口蜿蜒盘旋了许久，然后义无反顾地投入北冰洋。

一条河流，能够在天地间哗哗作响地奔流，该是多么欢畅！又该是多么快活！

之四：吉木乃

吉木乃究竟是什么乃？外人免不了会这样问。

我只关切树木和石头。

4年前，我置身于吉木乃，目光和心思甚至被它们全部套牢了。于是，我写了散文《吉木乃的树》《草原深处的石城》。一篇发表在 2015 年 10 月 2 日《光明日报》副刊，一篇入选了《2016中国散文排行榜》一书中。终究是，蜻蜓点水。

石头呢？奇矣！

树木呢？神矣！

树木许多是人工"浇"出来的，石头全部是天然"造"出来的。有限的树木和无极的石头，神奇得使我恍惚。那么，吉木乃有多少棵树呢？有多少块石呢？天知道，地知道，我不知道。我所能够做到的只是一步步走近，一点点渗透，一缕缕升腾。况且，升腾成云雾吗？升腾至天空吗？我也不知道。

树木与石头，原本是大自然的必需品，在吉木乃却注定属于奢侈品。树木因为人工的"浇"而珍贵，石头因天然的"造"而奇异。虚虚实实之间，出神入化，升华了一个活态的格调高远的吉木乃。

抚摸着一棵又一棵的树，抚摸着一块又一块的石，像抚摸着亲人，甚而像抚摸着自己。敬畏，深深地敬畏。任何有声的语言都显得轻薄，单单想跪下来，低眉闭目，双手合十，为它们虔诚地祷告。

我觉得，我就是吉木乃的一棵树抑或一块石了……

之五：五彩滩

比吉木乃更富于诗意的县名是布尔津。蒙语：年轻的雄性骆驼。

远远近近的人，多半视布尔津为童话，谓之童话布尔津！

童话里的世界，有天空大地、森林草原、流云飞鸟、宫殿茅舍，还有皇族庶民的隔碍以及王子灰姑娘的爱情，唯一不见五彩滩。

五彩滩拓展了童话世界的美丽与冀望。请允许无伤大体的投机取巧吧，我的笔力实在胜任不了我的眼力。姑且把入口处公告牌上的"景区介绍"删改一下：五彩滩一河两岸，南北各异，位于布尔津县西北约24公里的也格孜托别乡境内。由于地貌特殊，长期干燥地带，盛行大风，使原来平坦的地面变异出许多陡壁隆岗（墩台）、宽浅的沟槽相间的地形和险峻的小丘。

景随时辰，最美的五彩滩当在黄昏。拍过照片后，已经是晚8点了。时差的原因，西北的晚8点近似于东北的晚5点。红彤彤的太阳缓缓地沉落，将稀薄而温暖的余晖笼罩在"雅丹地貌"，满眼尽是那金光银影，梦一样地隐入胜境，辽阔而辉煌。

渐渐地，渐渐地，暮色由苍茫转而为夜色朦胧。

布尔津，听上去多么像情人。

五彩滩，看上去多么像富翁。

除了布尔津的五彩滩，还要去哪里呢？还能去哪里呢？

之六：喀纳斯

再一个，必然是喀纳斯湖了。

在江河湖海的四大水域中，我尤其喜欢湖。江太莽撞，河太冲动，海太霸道。剩下湖，那么高贵，那么从容，那么谦和，那么清朗。

喀纳斯用自己的本色给所有的湖做了一个榜样：绿如蓝。远看是蓝，近看是蓝，只有掀起的水花是白。而被阳光照射，似乎还是蓝。

蓝是幻想吧？蓝是未来吧？未来的幻想里，一定是蓝！

在喀纳斯湖畔，卧龙湾、月亮湾、神仙湾，此隐彼现地诠释给人一个蓝的奥妙。对，奥妙的蓝！最后攀登观鱼台，1068个阶梯，十步一景，景景闪耀，实在难以尽收。那些无景不拍的游客，更像路上的逗号或句号，用图片断断续续地烘托着情绪。我呢，行至半山腰，忽然选择放弃。为什么？不为什么。神灵劝告我说，看到的美都不会是最美。歇脚处，正是上行道和下行道交会，游人如织，我也确实疲劳，便是整个身子躺下。孰料，风不依不饶，将蓝色水面鼓荡着、鼓荡着。无奈，心门已经上锁。

下午，我被游船友好地带入湖中，竟有三分怜惜。湖中看湖，免不掉生发"只缘身在此湖中"之慨叹。什么此念彼念，什么苦短苦长，什么今夕何夕，什么恍兮惚兮，统统抛却在脑后。湖怪呢？只有传说中的湖怪，牵系着我的脑干。望出去，依然一片水域，一片蓝色水域。

喀纳斯，喀纳斯，我忍不住疼爱和想象的高级蓝啊！

天 书

什么是天书？天书是种什么书？我琢磨了很久，没有答案。

后来，亦即拿到大型文学双月刊《长白山》朝文版（2017年第三期）后，我的脑海里蓦地跳出"天书"二字。几乎是同时，我恍然大悟：哦，天书，看不懂的书就是天书嘛！

何止看不懂的书？看不懂的人物、事物、植物、动物，皆可谓之以天书。前些时候，我在长白县的十五道沟流连，欣赏"天书成册"一处奇观，好沉醉。那么，是谁把这些挤挤挨挨的石柱想象成依依偎偎的书脊？肯定是位读书人。很想谢谢他（或她），我由此得到了一个领会长白山秘境的入口。

梦接近天书，抑或天书接近梦了。

我看什么都习惯寻找入口。然而，如实道来，《嗑瓜子》《云是云　烟是烟》译成朝文，被堂皇地印刷在纸上，轮到我再看自己的作品，如堕五里雾中，入口完全被掩埋了。明知道掩埋入口的是枝枝蔓蔓的朝文，却拨弄不开。如果覆盖的是英文或日文，中学、大学学习过，或许能蒙个三分熟。朝文，一个字也不认识，无异于天书。

在天书面前，只有聪明着来愚笨着去，硬要从照片和括号里的汉字署名深入其中，哪怕望穿秋水。舍不得丢掉，杂志放置在办公桌的边角，有兴致时摸一摸，奢求跳出中文里那个纵横捭阖的自己。也不死心，曾经得意的作品借助另一种语言方式表达是不是仍旧闪烁着得意的光芒？幸好，张氏同事乃朝鲜族世家，颇通此道，给了我亲切的指点。她逐字逐句地翻译，试探接近我写作的本意。而且，她劝慰我放松态度，大体上信、达、雅，已经足够好了呀！

我尽管对每一个汉字都想入非非，却不计较译文。比如：臭豆腐译成发酵豆腐、心情较好或者较坏译成愉快或者忧郁，"走调儿"也算别有意趣。顺便说一下，把我的作品译成朝文的金坚，生于1971年，小我一轮，在延边艺术学院美术学院供职。听同事为我口头朝译汉时，句句对照，其中不乏美化的成分。便企盼我以后的作品还能浸透他的才智。

人活来活去，天书愈加繁杂，吃不了，兜着走。一字字，一行行，一页页，令身在其中的自己满怀欣喜、一片模糊，里面参差绵延。

谁个红颜？谁个知己？翻译不出来的高贵与卑贱。

都被一一地丢掉了。林徽因比我觉悟得早，她说：别丢掉 / 这一把过往的热情 / 现在流水似的 / 轻轻 / 在幽冷的山泉底 / 在黑夜，在松林 / 叹息似的渺茫 / 你仍要保存着那真！一样是明月 / 一样是隔山灯火 / 满天的星，只有人不见 / 梦似的挂起 / 你向黑夜要回 / 那一句话——你仍得相信 / 山谷中留着 / 有那回音！

人，习惯遵从自己的认知。而未知呢？总是不分青红皂白地围拢过来，像雾像雨又像风。

天书魅力恒永，哪一种可以看懂？流云、飞鸟、河水、草木……往往看不懂。即便是电视里的那些爱情片，或此或彼，必须结合亲身的经历看，融入泪，融入笑。看不懂的方面，用生命去体会。默无声息的体会中，人的意识萌发。事实上，有了怎样的意识，就有了怎样的意思。

多个翻译依靠，等于多个门路。

红尘不抛却，一如天书不抛却。愿只愿某个霜晨、某个月夕，给自己展开一纸天书，如音乐，无穷的人生无穷的梦……

赐予我力量吧！那些天书，那些意犹未尽的天书。

乘机随想

乘飞机，无论公差私旅，我都是兴奋的。兴奋什么呢？说不大清。也没必要说清，兴奋就好。社会上与自然中，究竟有多少人、多少物、多少事、多少情尚能不失时机地引发我、调动我、左右我？人在机舱，手和脚甚至整个身体一并受限制，兴奋便尽量地聚集在目光里头。于是，贪婪的目光，忽远忽近，忽近忽远，远远近近，近近远远，跟平时不大一样。

哦，天空才是梦开始的地方。

人往高处走。可惜，再怎么努力，也"走"不到云端，唯有飞机带着人飞。何止"飞"到云端？轰轰隆隆，直接"飞"到云上呢！透过舷窗，俯瞰天下，天下茫茫云海。不，不是云海，而是云世界。云以外，除了加盟的雾，没剩下什么。平日，人在大地上，看山是山，看水是水，一朝抵达天空，山也不是山了，水也不是水了，眼前全部云化了。云化了的山山水水，别有一番梦幻景象。说它像棉田，则感觉白浪翻滚；说它像冰川，则感觉玉砌琼雕。尤其沐浴灿烂的阳光，愈加富于神采。我仿佛脱胎换骨了一般，搜寻着，搜寻着，恍然之间，分明看到了与心灵对应的那座山峰、那条河流、那块田野、那些树木，甚至看到了乌托邦似的一片片仙境，妙不可言的仙境。有多少浪漫的想象，就有多少现实的造化。美哉，凡心如我，收得起，放不下。

悲欣交集，得过且过。

天上不管人间事。

骨子里，我倒沉潜在专属于大地上的生活。不过，我要的生活和给我的生活大相径庭。而缱绻悠悠的天空，恰好展示了我理想生活的一幅又一幅画卷。譬如：云一样的散漫，云一样的自由，云一样的无涯无际。文化老人木心写下一首诗，岁岁年年，至今萦绕在我的心怀——

记得早先少年时

大家诚诚恳恳

说一句是一句

清早上火车站

长街黑暗无行人

卖豆浆的小店冒着热气

从前的日色变得慢

车、马、邮件都慢

一生只够爱一个人

从前的锁也好看

钥匙精美有样子

你锁了　人家就懂了

之所以在飞机上默念起《从前慢》，是因为灵魂深处泛起渴望。也只有我自己知道，我多么渴望回到从前啊，回到那些个散漫的、自由的、无涯无际的从前。是，我承认我对一些新鲜事物不太接受，而时代疾速驶向未来，我一直在努力追随，一直在努力适应。此时此刻，我更加相信，大地上人心茫茫，渴盼偶尔升到天空中飞翔，逍遥自在。至少，不会像日常那般辛劳、辛苦和辛酸了。

什么时候？我把目光收回来了，其实是被唤回来的。"唤"我回来的是空中小姐，问我要什么饮料。我说咖啡吧，果汁也行。她遂递给我一杯咖啡，外带一包伴侣和一包砂糖。小姐不仅好看，而且耐看，"像一朵水莲花不胜凉风的娇羞"。心事陷入心思中，又有小姐送餐，问我要鸡肉要鱼肉。我说鱼肉吧，鸡肉也行。她用疑惑的眼神再次征询，我立马确定为鸡肉。实际上，鱼我所欲也，可一时乱了方寸。

餐饮送完了，服务送完了，再向小姐要什么就显得矫情了。好吧，消消停停看报纸、看杂志吧。孰料，前座的比我年轻的那个男士不消停了，一会儿要牙签，一会儿要茶水，一会儿要毛毯，要得小姐忙活好几个来回，笑容始终可掬。我替她愤怒，暗自的。要不要水果呀？要不要比萨呀？放开胆子要，想不想要爱情呀？闭上眼睛，赶紧做个美梦，美死你！

很快，我便意识到，是我过虑了。小姐的笑容是职业性的，温柔是职业性的，连善解人意也是职业性的，她所呈现出来的一切服务都是职业所要求的。机票里的一部分钱买的是服务，从起点到终点，服务整个过程是小姐的天职（或宗旨），跟她个人的爱憎取向无关。不，也不总是时过境迁那么简单、那么干脆，空中频频上演的暖情、暖义、暖故事，流传甚广甚远亦深入。坦白地讲，我属于那种明哲保身的乘客，乖顺一路，平淡一路，所谓偏爱、厚爱及艳遇，纯粹是想想而罢，虚度时光，没什么劲头儿了。

最初乘坐飞机，除了躯体，独剩下稳住神儿的概念，却难以落实。一个人，规规矩矩，低首下心地缩在座位里，大气都不敢出。三番五次之后，举止渐近从容，言谈渐入淡定，我也不是"孩子"了，小姐也不是"阿姨"了。想看电视则看电视，想上厕所则上厕所，想眯一觉则眯一觉。如果心血来潮，我还可以跟身边的陌生人聊聊春花秋月抑或鸡毛蒜皮。旅伴，旅伴，旅途相伴。错过了这个村，就没了这个店。说一说，笑一笑，漫长的旅途远也不远，苦也不苦。当飞机缓缓降下，机停人散，空中的缘分告一段落。再回首，已是背影苍茫。兴许，某一个夜晚，他或她会再次装点孤单的梦。

人哪，活在大地上，梦却飘浮在天空里。

无须讳言，我深深迷恋飞机上诸多亲情化的待遇。倘若去一个遥远的地方，而陆、海、空三线供我选择，我无疑最享受飞机。说真的，火车太嘈杂，轮船太颠簸，飞机却一路温情、一路温馨。同样是载人的交通工具，一进入机舱，众生忽然文明起来了，几乎个儿顶个儿的有条不紊，有求必应，有血有肉，有情有义……

呵呵，该是我闭目养神的时候了。须臾，又是亲人、友人满脑子转。他们的面孔、情怀、趣味以及冷暖、得失、荣辱……天花一样转。

天地间，遥想遥望，人在地上遥望天上的云彩，人在天上遥想地上的河水。

手有余悸

有没有搞错？原本是心有余悸嘛！好，少安毋躁，容我慢慢道来。

对于自己的身体，我当然清楚，也当然爱惜。若说了如指掌，纯属于夸张。尽管如此，手上的风云变幻，却无一逃得过眼睛。那天，购物回家，忽然感觉左手不大对劲儿，展开一看，无名指生出了无名的包块。圆圆乎，软软乎，豌豆粒般大小。

咦？怎么回事？揉揉，捏捏，既不痛又不痒。

第一反应是手拎兜的带儿勒的。是吗？最怕不是。

这个突发事件，令我警惕。医学界有个理论，不痛不痒的包块，其实更加危险，前提即："活动性不好。"那还迟疑什么？于是，到了著名的医院，找了著名的医生。医生极沉静，揉也没揉，捏也没捏，只是扫了一眼，便嘱我去拍张片子。待他看完片子，便毫无同情地把我打发了。走在回单位的路上，我满脑子飞旋着莲花般的两个字——没事。

肯定没事吗？医生的意思是没什么事吗？我将信将疑，心中恰似升起一团迷雾。恰好,有同事的爱人在另外一家医院做医生,我又把同事找来,说明情况。同事瞅了瞅,再三再四地安慰我,并用手机拍下包块,回家研究。哦,再一次诊断,令我雾团散失。除了"没事"之外,还认定是"积液"所致,只需独自消解,不必做任何治疗。

底牌扣着呢!病人不知医生知,医生不知身体知。

我所知道的是手,是手的模样与功能。甚至,我曾经浪漫地想象,手乃身体怒放的花朵、血肉的花朵。海子说:双手劳动,慰藉心灵。仅凭这八个字,足以证明他是位心手合一的伟大诗人。手,表达着人的一切欲望,承担着人的一切责任。伸伸缩缩、抓抓放放,演绎着声色各异的故事。人沧桑了,手里一把光荣与梦想。

好好的手,怎么就病了呢?

病跟伤不同。伤不可怕,总有痊愈的时候。我的左掌心,留存着40年前的刀疤,温良恭俭,至今也不见它犯上作乱。病却风云莫测,星河暗渡,一旦肉眼看不到了,药力达不到了,覆水难再收起。人啊人,何惧遍体鳞伤?怕只怕病入膏肓。

早年读过一篇文章,记不住题目了,其中写着这样的话:"手虽然没有眼睛,却知道前进的方向。"这是手的灵性,每次心血来潮,我会下意识地举出双手,端详复端详。

有什么好端详的?明显的是自恋嘛!

这手,还真是不能辜负。我从自己的角度,饶有兴味地吟诵:

一个人,在社会上

颠簸几十年

东抓西抓

南一把北一把

以为抓成了大富翁

左手功名利禄

右手酒色财气

到头来

仍旧是个穷光蛋

不，还剩下要命的三怕

怕老，怕病

怕没了爱

江山草木，念念在兹，放不下心了。我像依赖生命一样，依赖手。伴着年龄的增长，我对身体日渐大度。头发稀了，腿脚松了，基本上是听之任之；血脂高了，嗓门低了，基本上是随波逐流。唯独手，关怀备至。男人一双手，得失荣辱，全在里头。所以，手是我极其敏感的部位。陡生这个包块，且不痛不痒，蓦地使我陷落了，大丈夫的陷落……

这，是我的原形吗？

有一句话，似乎在宽慰我："左手的想法，右手明白。"左手病患，则时常寄望右手，右手却始终沉默。我不免惶惑，倘若右手明白，它即使不能有福同享，也该有难同当啊！

小题大做？只希望，不是大题小做。

转眼间已近周年，手上的包块虽未平复，却也平安无事。

我觉得，病从手入，对我已经够客气了，如果直插心脏或肝、肺、脾、肾、胃呢？深层想下去，既然病魔一定要在我的身上寻个突破口，并且实施阴谋，我倒情愿让出无名指来，以试探我的抗击打能力，幸莫大焉！

感情用事

对一个词语的抗拒，经历了几十年，至今未尝胜果。原因在我，个中失意抵不消个中得意，一直甘拜下风。实际上，我抗拒的是感情用事的概念，而守护的是感情用事的精神。小学时，我就背上了感情用事的包袱，浑然不觉，是同窗在民主鉴定中"挑"出来的。中学、大学依旧是，工作以后尤其是。群众的眼睛是雪亮的，躲也没地方躲。私下里较劲，什么叫感情用事？既然我有感情，并且由我支配，不用在事上，用在什么上？困惑归困惑，生活这笔账，得认。

能不认吗？历历在目的往昔，哪一件事不是用了情的？家里分苹果，攥得紧紧的，趁机跑出来，送给小伙伴。毛泽东逝世，举行悼念大会，跟进俱乐部。妈妈赶制的裤子，回集体户就送给了农民兄弟。女友24岁生日，画一幅肖像，递到她手上。恍然间，三四十年烟云消散，每一个细节却记忆犹新。

一生中，或长或短，感情没个定数。我始终觉得，感情是上帝赋予人类最好的礼物。人人有感情，人人又不一样，暖的、冷的，甜的、苦的，大的、小的，方的、圆的，说得出口的、说不出口的，机缘巧合的、一塌糊涂的。如此繁复的感情，集于一身，集于一时，则无法梳理了。尽可以唱歌，尽可以跳舞，尽可以游山玩水，尽可以谈天说地，感情以风的方式、雨的方式、雷的方式、电的方式付出，痛快抑或痛苦，只是再收已经收不回来了。回，也许不耽误回，化入回味了。

偶尔的时候，我困在感情里，一个人折腾，没结果，没盼头。那么，我要什么结果呢？要什么盼头呢？知我者，熟悉我这张磨不开的小脸乃至老脸。何以磨不开？分明是感情在作怪。更多的时候，感情沉醉在场景里，以至痴迷。比如：长河落日圆；比如：独钓寒江雪；比如：野渡无人舟自横；比如：柳暗花明又一村。类似这些只可意会的场景，不断地促发我积极的人生之思、柴米油盐酱醋茶以及读书写作编稿子。都是很好的事情，都需要倾注感情。

跟感情相对应的是思想，思想顺从河床，感情却常常漫过河床。漫过来，做什么？思想说了不算，托感情的福，经天行地，发挥到大事小事上。我想象不出，哪件事情可以金蝉脱壳而游离于感情。所以，只有看发挥。发挥得好，事情不会差，差也差不到哪儿去。若是感情病了，好事也不好了，"乱七"复"八糟"，失去体统了。

男儿有泪不轻弹，只因未到伤心处。言及的，仍是感情。

感情有错吗？没有。事情有错吗？没有。我偏重于感情用事，得则得矣！不过，必须警惕的是，感情不病，不大病。

人，万物灵长，不管是泥做的，还是水做的，终究比植物和动物高级。诗里说:"感时花溅泪,恨别鸟惊心。"花鸟姑且如此,何况人乎?感情是个无限大的概念,至少容纳乡情、亲情、友情和爱情。形而上的感情遭逢形而下的事情,如何是好?其实是门学问。具体表现在喜怒哀惧爱恶欲上,我没什么道行,时常气馁,明知感情用在事上仁义礼智信,日日翻,月月翻,憾不得手。当然妙,底牌就在日常生活里藏着呢!

感情不分春夏秋冬,却随着四季的变化而变化。有趣的是,盛夏的时节,感情要冷一些;隆冬的时节,感情要热一些。当然,还是由人决定。再三再四,情非得已,兴许会摸索出幸福来。对,幸福不是毛毛雨,而是摸索的人慢慢摸索出来的。

突如其来的感情,注定突如其去。舍与不舍,独自纠缠吧。

我不喜欢纠缠,喜欢放达。登山则情满于山,下海则情溢于海。山海之外,是人情,我的人情我做主。

想想而已,是做不了主的。有时,太汹涌,太澎湃;有时,太安宁,太沉寂。知道什么叫情不自禁吧?知道什么叫意犹未尽吧?那是形容我的亲力亲为的偏执。由我及人,衣呀、食呀、住呀、行呀,甚至打台球、跳街舞、种草莓、养珊瑚,越是要攥在手里,越是要溜出手外,一如沙子一如水,唯有适度。适度,已属情外之事,尽量料理吧。

都说,动什么别动感情。难为了,饮食男女,生生死死,谁个没有一部欲诉难诉、欲说难说的感情史呢?哪怕痴呆老年,甚或植物人,思想没了,意识尚存,长久的呼唤中,那眼角流出的泪滴,默默地诉说着衷肠。

最难诉说的衷肠,却是人间离愁。白朗宁说:"他望了她一眼，她对他回眸一笑，生命突然苏醒。"徐志摩说："那一声珍重里有着蜜甜的忧愁，沙扬娜拉！"诗人够神明，竟然抓住了这闪电般的"一笑"与"一声"。何其妙哉，以至恒永。

这感情，又怎么定义？几乎进入爱情了。爱情则更说不清，道不明。说是金条，转而又像稻草；说是圣经，转而又像麻布。人，一旦相爱，那脸庞便在虚幻中生动。姿态也跟着生动，声音也跟着生动，周围的世界生动无比。到头来，大梦方醒，心烦的事尽在眼前，心仪的人独在天边。60岁的杨丽萍超凡脱俗了，尽管无婚无子，却在老家的苍山洱海边上，倾情于种菜养花，逍遥自在……

岁月逼人，我也接近六旬了，能够令我倾注感情的事情日渐减少。少了好啊，集中地用情，集中地用在那些值得一用的事上，咋也不至于弄个底儿掉，徒伤悲。

我原来是个感情的富翁，现在不是了。

去向何方

人啊，伫立窗前抑或街口，往往会想到一个问题：去向何方？

如果是鹰，就去天空；如果是鱼，就去海洋。偏偏，非鹰非鱼的人，有时又是鹰，有时又是鱼。天空与海洋，不过一时快活。

何方？任何地方。对，远处是梦想，近处是脚步。

心在哪里，人就可以在哪里。

活了大半个人生，走了大半个中国，越来越觉得自己渺小。然而，这并不影响我去造访自然奇景，去探寻文明奇迹的信念、勇气和耐力。有机会的话，我甚至想去日内瓦湖、乞力马扎罗山、西伯利亚冻原、尼亚加拉瀑布、亚马孙雨林、坎贝尔港、南极洲冰雪看看呢！当然，我还是热衷于巴拿马运河、自由女神像、狮身人面像，尤其是法国的比萨斜塔、凡尔赛宫及巴黎圣母院的探访。同事张彬彬堪称旅行极客，她把我们曾经嘴上会气儿的话题落实在险象环生的地球上，先是南极，后是北极，直至去世界各地跑马拉松赛了。一个人风里来雨里去，她要什么呢？

除了高兴，不要什么了。

或许，是让自己发现最好的自己；或许，是让最好的自己挽救自己。

出发，向着未知出发。一个地方待久了，身心很容易锈死。抛弃困顿，让眼前的苟且化作天边的彩霞。不管世界多大，无非故乡和他乡。你的咫尺可能是我的天涯，你的天涯可能是我的咫尺。哪里都是灯塔，哪里都不是目的。经验告诉我：一木有一木的禅理，一草有一草的机趣。人非草木，做草木的学生，低首下心，善莫大焉！

近年来，放松了许多，以至于希望放空自己。所以，只要得闲了，便会与那些好山好水亲密地接触。即使是跟团去的，内心也尽量保持着独自出行的状态。听且听罢，看且看罢，少拍照，少交流，独享一份感受，寂寥而灿烂。当然，出门在外，也免不了遭遇一些假人、假事、假情、假景，天下不识天下客，愿只愿及时地说服自己。我怕，怕过分沮丧和懊悔，整个人变成软塑或硬塑了。

这是我的聪明？还是我的愚蠢？

也许二者兼而有之？

史上的大师，多半喜欢独自来、独自往。喜欢，认真地独来独往！

古人出行，比今人洒脱得多，也更有情致。李白去看挚友，一首《赠汪伦》名垂千秋："李白乘舟将欲行，忽闻岸上踏歌声。桃花潭水深千尺，不及汪伦送我情。"崔护去看乡女，一首《题都城南庄》情动万代："去年今日此门中，人面桃花相映红。

人面不知何处去，桃花依旧笑春风。"

可惜，我既不是李白，也不是崔护，类似的情谊和情意，习惯性地废在了半途，废在了依稀的时光里，隐为人生憾事。

人只活一生，怎样活都好。出门是一种选择，入门是另一种选择，出出入入，取决于自己而非其他。天地也苍苍，人心也茫茫。偶尔，身不由己，疲惫了，烦躁了，玉碎瓦全，难得清冷与清苦。无处消解，只好躲进自己的灵魂里静静，静到虚，静到空，静到此岸或彼岸。

他乡云漂泊，故乡叶归还。我出生在锦绣吉林，小时候，特别想去松花湖。在外几十年，依旧特别想去松花湖。其间，去过无数次了，而每一次去都是新感觉。比起那些茫无所向的旅人，我想我是幸福的。此生，要去的地方太多太多了，不知道哪一处能跟松花湖匹敌，让我去了一次便去无数次，直至花凋幕落，直至幸福地死去。

无论谁，自然包括我，总是这山望着那山高，总是这路望着那路远。睡不着的夜晚，海阔天空，脑际闪烁着无数的灯火。想象一个无限的陌生的远方，飘忽不定，整个人已经启程了。"美梦"来了，"成真"还会远吗？

羞涩的蓝莓

哪一种果实，像蓝莓这般精巧、圆润、清甜呢？从前没有，现在没有，将来也不乐观。

我已经活过半辈子，除了主食和副食，水果诠释着另外一种口福。何止口福呢？生命赖于水果滋养，愈加蓬勃和旺盛哩！

然而，蓝莓是羞涩的。

它羞涩，仿佛涩于问世、羞于示人。

依我的眼光，在水果的族群里，蓝莓最低调了。当然，它有足够的资本高调，比如像苹果一样光鲜，比如像蟠桃一样妖娆，比如像荔枝一样锦绣，比如像石榴一样绚丽。不，享尽日月，享尽风雨，蓝莓依旧蓝莓，尽显原始的山野气象。

毋庸讳言，我喜欢吃水果，吃一种，爱一种，留下许多佳话。蓝莓，老相识了，永远一副低首下心的样子，不招我的待见。见它小小的，弱弱的，可怜兮兮的，何来好感？更无意乱情迷之感。走过路过，总是错过。错过，未曾遗憾，任时光漏掉了蓝莓！

兴许，蓝莓天生胆怯，不敢长大。我倒宁愿相信，它是不肯长大。抱一份本真，怀一份道义，怀抱一份"低调的奢华"。

很长一段时间里，误会它，误解它，以为它多半做药用或做保健品用（食用仅限果酱），所以，像对枸杞、参片、五味子一样，我几乎不去碰它。偶尔碰到了，心底也无波澜，慢说欲望了。

信缘，缘即闪现。

外孙女未及周岁，妈妈给她蓝莓吃。小嘴儿一努一努的，那吃相无比动人。此后，我再去超市，就多了一个选项。

超市里，首先闯入眼帘的，却是那些形象壮硕的大水果，诸如榴梿、柚子、哈密瓜、火龙果、香蕉、苹果、大鸭梨了。蓝莓呢？我要寻找的蓝莓，羞答答地躲在灿烂无比的水果摊床的深处。凑过去，蓝莓已被商家包装，一盒一盒地列出方阵。只许瞧，不许尝，相中了拿走。我当然相中了，便也眉梢上喜，便也口角生津。

其实，相中归相中，每次只能少买。回到家，洗好，殷勤地送到外孙女嘴边。所谓天伦之乐，莫过于互赠笑脸。美味不可多食，特别是小生命。剩下的蓝莓，由我收尾，便得以一粒一粒地品咂。味蕾绽放，思接山野，一片一片的灌木丛，高高低低，阳光下，微风里，枝叶盈盈，硕果累累，恍惚间是那心向往之的"诗和远方"了。

蓝莓与艺术，介乎虚实之间，多么引人入胜！

大时代，大发展，莫名其妙，连水果都纷纷"大"起来。原汁渐失，原味渐去，有些枉担虚名了。事实上，那些名门望族，也止不住膨胀之势。乐未极，已生悲。

跟诸多的大水果比，蓝莓执守蓝莓，小角色，小小角色。

我吃过的水果，没有上百种，也有几十种了。像这样拿着蓝莓端详，出神入化，还真是难得。蓝莓的清甜、绵长、幽深，莫可替代。尽管小，尽管弱，却不失气度。对，是水果中的君子，它不遗余力地蓝给你看，让你看个玲珑，让你看个剔透。说它卑微吗？它便卑微了；说它尊贵吗？它便尊贵了。

或文人，或雅士，一粒一粒入口，慢慢咀嚼，不慌神。

慌什么慌呀？

小小的蓝莓是羞涩的，弱弱的蓝莓是羞涩的。羞涩，多么好的一种情态。由物及人，如今的红男绿女，基本不会羞涩了。

慌慌者，魂归来兮！

得寸往往进尺，吃蓝莓竟吃出了瘾。尤其是坐到电视机前，谍剧搭伴蓝莓，里里外外，真真假假，消遣的夜晚逍遥的梦。

靖宇的朋友，知我酷爱蓝莓，费尽周折，居然捎来一箱。我急忙打开，圆圆的，亮亮的，一派欢喜景象。我检阅着，内心跟蓝莓同样欢喜。俄顷，却又犯愁了。这么多的蓝莓，鲜鲜嫩嫩，一时间如何消化？

愁云密布，就特别希望远远近近、深深浅浅的亲戚和朋友神奇般涌现，一人一把，边吃边聊，盛况当如蓝莓品鉴大会。其情也炽炽，其乐也融融。

从小到大，到今天，一直受益于水果。蓝莓，果肉细腻，甜酸适宜，可食率百分之百。想对自己好些、再好些，无从下手时，不如拿捏蓝莓……

和自己谈心

2017年清明，放假3天，我休了4天。为什么要多休一天呢？如果我说和自己谈心，有人肯定会撇嘴，太矫情了！事实上，我真就和自己谈心了。怎样谈的呢？谈得怎样呢？下面，姑且坦白，聊以自慰。

首先，和自己谈父母。二老在世的时候，我只顾享受他们的爱抚了，一如阳光雨露，一如清风朗月。多少年来，人说我什么都好，就是缺少痛苦。我听懂了话外音，亦即身为写作者，我活得轻浅、甜润、畅爽。这不好吗？实在是太好了。跟文章相比，生活平铺直叙远胜于跌宕起伏。所以，我特别感谢父母。他们空空地去了，留下幸福的记忆，在我孤寂的时候温暖我、激励我，使我依然不那么痛苦。每次去南山陵园给他们扫墓，我都伫立良久，春风中、夏雨中、秋霜中、冬雪中，默想他们生前的种种，甚至微乎其微的细节。然后，我对他们说：安息吧，晚辈们凝心聚力，差不了什么。彼时彼刻，我恍惚看到父母的面孔了，慈祥而欣慰的面孔。

其次，和自己谈侄儿。我有两个侄儿，小弟的孩子是我的牵挂。他幼童的时候，父母就离异了，是爷爷奶奶拉扯着长大的。爷爷曾让小弟把孩子过继给我，后不了了之。转眼，孩子年逾三十，筹划成家，我帮不上大忙，尽心且须尽力。还好，我找到同学，同学找到同事，婚宴的事宜便有了着落。这些年，虽然没少扶助侄儿，也不过杯水车薪。人生都有自己的花季，希望他从此好运连连。侄儿向来听信我，视我为半个父亲，视三娘为半个母亲，而我们夫妻俩，也视他为半个儿子。烟酒糖茶，乃婚礼必备，烟酒我负责，糖茶他解决，但愿七月头一天的福气氤氲在侄儿身上。

再者，和自己谈妻子。妻子跟我过日子，死心塌地，爱岗敬业。她治家靠智慧，尤其靠勤劳。怨言也是有的，发泄出去了事。她平生最大的乐趣，似乎是逛街。看衣服看鞋，心花怒放，兜里有没有钱（卡）另议。因为爱逛街，就向往大城市。确切地说，就向往大城市里的大商场。直辖市京、津、沪逛得透彻，唯独没逛重庆呢。从东北到西南，路远心不远，机票已经预订。5月中旬，风香日暖，她将放步山城，于商场里大显身手。我呢，比她理智，却也是一片冰心，由着她去吧。其实，她上网检索一遍又一遍，那么多好去处少有提及，无非是顾虑开支。我不敢慷而慨之，麻辣火锅尽可以无止境，要小心胃肠哟！

最后，和自己谈女儿。对了，女儿出嫁了。眼下的头等大事，便是生一个宝宝。产期在7月，她该准备的、该预防的、该注意的，都一一落实在心头和手头。我和她妈，则是她身边的佣人，随叫随到，套话叫"招之即来，来之能战，战之能胜"。还是母亲伟大，未雨绸缪，急着把厨房和卫生间收拾停当。等女儿从月子中心回来，家里一切就绪，好好养育下一代，比什么都重要。从前，我是家里甩手掌柜的，不知这回能不能甩下去手了。一代欠一代的，父母做出的贡献，历史上多有记载，咱算得了啥呀？唯一的想头是，女儿为人母了，衣食住行该有可喜的变化或跨越吧？

4天里，和自己谈心，反反复复，深深浅浅，最终一笑而过。网上说：把时间浪费在美好的事物上。网上还说：杯子，一定要完整的，因为水流走了，就永远不会回头。

用脑过度

我是一个勤于思想的人，并且一直引以为荣。不妙的是，近日住院体检，我被告知用脑过度，需要好好休息。

见我疑惑的样态，医生下了学术性诊断：神经衰弱。

不会吧？怎么会呢？

脑海中忽然浮现出一组电视镜头——儿子回到家里，见老父亲正在把桌上热腾腾的饺子往衣服兜里揣。问他干吗？老父亲说我儿子最爱吃饺子，我要给他留着。画面楚楚感人。我知道那种状况叫作阿尔茨海默病，俗称痴呆。

我说不准神经衰弱跟痴呆有没有关系，有多大的关系。人老了的时候，病是新常态，各种各样的痛苦随之而来。不要紧的，经历了大半生风吹雨打，痛苦算什么？忍一忍都可以过去。痴呆则不只是自己的事了，无知无觉，专祸害亲人。

必须遵照医嘱，好好休息。难的是，没法儿好好休息。如果是手脚之伤、筋骨之伤，如果是肝胆之患、脾胃之患，医生下令休息，便乖乖地把身体收住，安心躺在床榻，不叫走不走，不叫动不动。

思想收得住吗？思想去哪里"躺"？

思想，作为脑力劳动，几乎与生俱来。喜怒哀乐，伴随人的成长，完全是思想的外化。既然我被告知过度，说明我以往一意孤行，犯了右倾机会主义错误，现在理当把思想"拉"回来，至少要缩减到适度。但是，思想的"度"飘摆不定，总在思来想去中迷离，是没个准度的。建议有兴趣的科学家为民造福，给大脑研究出个"度"，以便劳苦族群参考。不妨制成项链一样的玩意儿，挂在脖子上，违者及时警示。

如何阻止"神经"不再"衰弱"？这是个问题。在此类发明未果之前，我以为看山水、听音乐、谈恋爱有助于问题缓解。只能是缓解，缓慢地解决。不过，很快我就不"以为"了，原因在于三个动词上。山水多无极呀，音乐多无极呀！恋爱多无极呀！无极之极，一旦"看"上、"听"上、"谈"上，那还有救吗？比野马还驾驭不了的，其实是思想，即脑系统。它固执，固执得彻底，无处不用，无时不用。"一念放下，万般自在"，分明成神成仙了。且慢，是成不了神仙的。自在人都是自在事，不过是另外的想头儿。我一个俗人，正在医院打吊瓶呢，手机猛地跳出一条短信，赞颂我逍遥，不禁悲从中来。我逍遥吗？眼瞅着药水一滴一滴地输入血脉，而我在孤单中品味孤独，苦辣酸甜，一发……果然不可收拾了。

这样说，是我想多了呗？却控制不住。

用脑过度？否定之否定的劝诫。那么，过往的人和事，哪一个不应该用脑？哪一桩不应该用脑？电脑乃人脑研发，至少有一点更为先进，它可以随时清理垃圾，人脑做不到。更耐人寻味的是，人到了 50 岁后，忘性大了，留下来的多是些不足为奇的小事。回头看，有意义的少，有意思的多。当初"用"的那个"脑"，水到渠成，算不算无用之用？

用脑跟用眼耳鼻舌身不同，后面的几项用过度了，自会调理。脑不知有汉，无论魏晋，可以一条道跑到黑，也可以改弦易辙，寻自己的归宿。有时，用脑用到睡梦里，枕头上无中生有、无事生非，哪怕化为泡影。弗洛伊德琢磨出名堂了，遂作《梦的解析》，他恐怕也是脑力旺盛的家伙。

病在，药亦在。脑因人而异，各有各的容量及密码。如何使用它，要看自己的求知欲。人生几十年，适度最好了。吃喝玩乐有度，便是接近幸福。偏偏思想不听话，动不动就放任自流，所谓用脑过度，神经已然衰弱了。

头发的沧桑

我是一个比较粗放的人，从小到大，没怎么拿头发当回事。近些年见好，镜子前，不急着正衣冠，而是匆匆拢发，用木梳也用手指。所以叫拢发，即不求其型，只求其顺。顺，是没标准的，以不碍眼为要，当然是不碍人家的眼。公众场面上，不碍眼，乃我几十年来的底线。大大社会里，看起来是以貌取人，实际上是以发取人。

头发，头上的毛发。头多么重要，发最知道底细。人之初，我的头发状况如何，父母似乎未曾提及，我似乎也未曾问及。长了爱美之心后，意识到自己的发质不佳，已经无从追补了。主要是稀，且黄，且杂以白，令我悔之晚矣！这种悔，只有向"瓜菜代"的年月讨，心底下讨，嘴边上讨，讨也讨不出个名堂。道理很简单，从前的营养不良跟从前的睡眠不足一样，讨是讨不回来的。若说生命是个谜，此题无解，往宽处想吧。

当然了，可以这样怀想，我的茸茸毛发，散溢着乳香，惹人啧啧称奇；可以这样畅想，我的疏疏毛发，蓦然变森林，引人连连入胜。我知道，这种怀想和畅想，完全出于自恋和自省。不可以吗？我大半生信奉的是现实主义，此刻浪漫主义地梦想一下、一小下，可不可以？

如实说来，我倒是有些惭愧的。四季轮回，以发示人，我多半是失控（未必失误）的状态，即：首如飞蓬。小时候，没人计较。自己都不计较，谁还肯于计较？长大了，尤其是上大学了，头发仍旧野草一般，同窗好友抗议了，他们明里暗里叫我诗人。不错，我当年痴迷写诗，却构不成气象，他们叫我诗人，鄙夷我的头发吧？我不介意。去理发，师傅问要什么式的，没什么式呀？比眼前的短些就好。结果，短是短了，还黄着呢，还间白呢！

内心里，很羡慕那些一头黑发、浓发的人。不光是同窗，不光是同事，举目可见的陌生人，但凡头上风光无限好，都令我羡慕不已。此生，我是没办法效仿了，做梦除外。我看电影电视，肯定多一个看点，即演员的头发。鸡有美丽的鸡冠，鹿有美丽的鹿角，人的头上有什么？毛发。所以，追求美丽，尽可以做头上文章。头上文章？对，只有想不到，没有做不到。四年一次的世界杯盛宴，要是光看球赛，而忽略了欣赏那些形形色色的"头发艺术"，岂不亏大了，亏死了。

逐本溯源，头发的质量跟身体的质量密切相关。那么，能问责身体吗？身体发肤，受之父母，晚辈唯有领命的份儿。何止领命，且要从命。让头发顺着命脉生长，是我的义务。少年之际，头上赫现白发，不明究竟，以致揪净。那时，有句俗话常说：揪一根，长十根。后来白发繁衍到揪不净，放弃。记不清自己第一次染发的节点了，也算不清自己染过多少次发了。从青年到中年，染发断断续续带给我的利与害，更是"别有一番滋味在心头"！

头发人人有，再平常不过了。也不容易，欲把头发打理明白，光耀周遭，还真得有心、有识、有劳。看上去，头发差不多最轻了，却足可以炫，炫型、炫彩、炫情怀。然而，此刻并非彼刻，人若糊弄头发，头发一定糊弄人，让人前功尽弃。有多久，是多久。我天生崇尚"乱石铺路"之美，不讲章法，得过且过，头发吃了我的冤屈，却无从计较，也不计较。它经得起风，淋得起雨，作为头的第一责任者，努力地覆盖着、呵护着、提示着，率真而诚挚。宠爱它呢，它亦沉默；怠慢它呢，它亦沉默。默默无闻中，陪我一天又一天，伴我一年又一年……

而在客观上，我亲身经历过荒唐至极的年代，不仅看脸谱，而且看"发谱"。凭发型识人，判别是非曲直。没错的，背头即领袖，平头即百姓，边分即知识分子，中分即汉奸特务……头发的造型成了身份的象征。我躲在家里没事干的时候，拿一把梳子在镜前梳来梳去，并用劣质的发蜡、发胶固定，扮各种角色，哄自己开心。临出门前，抓抓挠挠，恢复本来面貌，无异于火红的年代里一个积极的进步的好青年。

眼下的世界，百花竞放。把头发氅开来，就是一种喷射，激情的喷射；把头发束起来，就是一种内敛，智慧的内敛。看人看什么？或曰看相貌，或曰看身材，我偏重看头发，头发泄露（出卖）着诸多秘而不宣的天机、性情及趣味。

无限风光在头上。也许，无限尴尬在头上。我呢？更多的属于后者。自由、散漫、顺其自然地生长，是我对头发的基本态度。多少次，下定决心，既然处于身体制高点的头发不为我争气，索性一推子剃掉，何苦"白发三千丈，依愁是个长"？哈哈，想想而已。说真的，我的脑海里闪动过数不胜数的光头榜样，一一覆灭。我怕，我一旦以光头示人，这个世界则没谁认我了。比这深层的怕是，一根头发一条路，毫发不剩，势必无路可走了啊！

这种近乎形而上的扯淡，不近情理，不足为训。我所以始终未将光头的预案落实到人们的视野，说穿了是对自己的脑部没有信心，同时也是对毛发尚存梦幻的冀望。即便是少到三分之二抑或三分之一，甚至沦为"三毛"抑或"二毛"，依然可以证明我对头发是欲罢不忍，没忘初心。女影星宁静，偶尔光头的表演，男歌星平安，始终光头的表现，都有极好的效果。对呀，放弃全部的忧虑，无论是主动的光头抑或被动的光头。

既然如此，还矜持什么？

我要像阅读春天一样阅读头发，尽管它无法尽显生机了；我要像阅读秋天一样阅读头发，尽管它不能尽显成色了。岁岁年年，在阅读的纵横捭阖中，从"头"着眼，从"头"着手，并且从"头"找回抚慰中年人的方向、力量和期许。

沉默的胃

一个人的身体，究竟有多少部件，我没搞清楚。我只清楚维系生命，除了心脏之外，胃当属最大功臣。尽管，它不显山，不露水，始终勤勤恳恳地工作着。从极端角度说，胃一旦放挺，或失去职能，那结果不堪设想。

事实上，人对自己的胃了解多少呢？

对于自己的眼睛、耳朵、鼻子、舌头、手脚，谁都有个基本认识，且能道出个子丑。而对于胃呢？似乎不足为道，道也道不出个寅卯。还是说我吧，几十年来，我日里夜里被胃供养着，天好地好，仍近乎胃盲。前日去医院查病，方知胃的概念细分为食道、贲门、胃底、胃体、胃角、胃窦、幽门、十二指肠球部、十二指肠降部等，何谈病状和病理？

"无知者无畏"，用在我这儿，堪称"无知者无胃"！

"无胃"？不，人生在世，孰能无胃？忽视加忽略，以致"无胃"，如我。

胃之于人，不可或缺。胃好，生命自然旺盛。我没见过无胃的人。胃出毛病了，纵使割掉三分之二抑或五分之四，却不能根除。无胃的人，活得了多久？

读小学时，同班级一个女生，时常胃疼。每每她拳头抵住腹部，紧蹙眉头，汗珠子在脸颊滚动，我都不免替她疼，甚至偷偷地用手摸自己的腹部。摸来摸去，也摸不着胃在哪里。再后来，我父亲和我二哥都胃疼，若干同事和朋友也都胃疼。我呢？依旧摸不到自己的胃。有个姜姐，向我讨文章的秘方时，一身戎装，一脸欢喜，一下子就摧毁了我做编辑滋长的固执与矜持。她说她是个胃癌患者，别无他求，往后的日子只想把文章写好。我给了她一臂之力，暑来寒往，她超乎寻常的发奋，竟然一发不可收，成为国内有声有响的散文家了。18年后的去年，朋友圈的人告知，姜姐没了。闻此噩耗，我没有悲伤，甚至没有惊讶，脑海里一时全是她英姿飒爽的笑模样。

我的胃，始终保持沉默。

"人谁不顾老，老去有谁怜"。活过了半辈子，整个人几乎松懈下来。逐渐地觉悟，许多冀望守是守不住的。千回百转，祝寿祈福，个个都想不病，可是芸芸众生，谁没病过呢？天王老子，凡身俗体，一概活在穹顶之下的风霜雨雪中，是逃不脱的。回想自己的孩提时代，我甚至愿意病，病了往往有好吃的、好玩的。越大越怕，越怕越……当然，怕的是大病，怕的是不治之症。往透了想，一副老皮囊，即使缺胳膊少腿，又算得了什么？不算什么。

幸好，我是健康的，尽管诸多指标处于亚健康。亚健康状态，其实是很迷惑人的。譬如胃，一直对我百依百顺，从未犯上作乱，我就认定它是健康的。近些年，由于牙齿残败，导致我关心起胃来。所谓的关心，首先是防止"病从口入"，尽量不吃冷食、硬食、甜食、辣食，哪怕食之无味。在身体的所有部件中，我觉得胃是最忠于我的。给它什么，它则容纳什么，挑挑拣拣的反而是我。比起肝、胆、肺、脾，它不仅是忍辱负重的楷模，而且是忍气吞声的典范。

呵呵，沉默的胃！

沉默之中，胃对我其实是有抗议的。比如我的食量越来越少，比如我的食感越来越差，比如我在睡梦里偶尔会莫名其妙地返出一股酸水儿。我留意过，却再三再四地听之任之。胃的抗议是微弱的，唤不醒我潜伏的意识，好情好义，安之若素。忽一日，挚友提示我，现在幽门螺杆菌挺普遍的，不妨去医院做个吹气试验。我说疼吗？她说不疼。喝点儿药水，吹吹气，就诊断出人有没有病了。如此简单易行，倒让我动了心思。

"吹气"的结果是，得做胃镜。

我有点儿憷。胃不会流汗，逼急了，便会出血。落到那地步，悔之晚矣！哦，按常理，我早该做胃镜了。委实怕疼，一拖再拖。妻胃病多年了，深受其害。这一次，我终于松口了，做！

我之所以当机立断，更缘于大夫软中带硬的口气，以及她疑惑不解的表情。

挂上吊瓶后，浮想联翩，面前出现的是一张彩色胃图。那么，我的"问题"在哪儿？胃酸？胃炎？胃溃疡？胃穿孔？还是胃……越想越慌，越慌越乱，慌乱中顿感浑身颤抖，目光呆滞了，指尖麻木了。一时间，思天地，念亲人，孤苦伶仃。

而胃，沉默着。

大夫叫喊我的名字，冲我浅笑。我一步步挪过去，故作镇定地躺在了那张诊床上，乖极了。麻醉期间，我无知无觉地推开了全世界，只交出自己空空的躯壳。醒来时，枕巾湿漉漉的，终于换回我一纸诊断：浅表—萎缩性胃炎伴糜烂。

检查的全过程，胃比我坚强。它一声不吭，我却丢弃了自己。

病是身体发出的信号，以警示生命。有事没事，既要看主人的症状，又要看主人的态度。应该说，我已经很注意呵护胃、优待胃了。病从何来呀？怪只怪岁月无情！脆弱的我，重新调整吃喝，还特意给自己放假两天。我当然知道，歇着了什么也歇不着胃，还是一反常态地选择哪儿也不去。按时吃饭，按时吃药，按时睡眠。心下的想头是，胃会在绵软的期望中一天好似一天吧？

　　我感到胃在笑。那种无语的绚丽，宛若花朵……

闲 聊

国中人，越来越会养生了。说走就走，说玩就玩，一派祥和景象。

闲聊是走和玩的补充。

我喜欢闲聊。从前不是这样的，工作之余，读书、写作、下棋、打牌……几乎把时间填满了，没多少精力磨牙，也没什么兴致。

世道变，我也变。现在的我，做不成事情的时候，倒愿意把自己交出去，漫天花雨地聊一通。随便哪一个人，随便什么话题。聊好了，宁可废寝忘食。

聊好？聊得好吗？

如果我是俞伯牙，未必碰到钟子期；如果我是周树人，未必碰到瞿秋白。不不，没那么高雅，一介草民碰到一介草民，就是闲聊的理想了。

闲聊，闲对闲，聊对聊。不故作高深，不卖弄才智。聊星辰也罢，聊油盐也罢，一路聊下去，云开雾散，痛快了就好！

早些年，电脑普及初始，所在的报社为了提高编辑记者的打字速度，特意在局域网开设了"清香茶馆"，供大家闲聊。于是，明里暗里，得闲便聊。同事间，即兴发挥的闲聊，泛出一片又一片奇异的光芒，醉了许多人。

尤其涉及爱情，个个来劲儿，男人几乎成了王子，女人几乎成了灰姑娘。

我还算清醒呢！闲聊即聊闲，半真半假，半进半退，聊开心而已。聊得不开心，关闭电脑，寻人接着聊，或饮酒，或品茶，或喝咖啡，或煲电话粥……

有了微信之后，更加拓展了我闲聊的时间和空间。另一端的人，无论男女，无论生熟，闲聊无障碍。聊什么呢？不一定。随便扯出来的话头儿，逶逶迤迤，或可聊到山高；潺潺湲湲，或可聊到水远。茫茫中，看彼此的运气吧！

煮字生涯许多年了，培养的诗人作家不计其数，却从未哺育过一个闲聊的对手。闲也闲，聊也聊，没一个对手是我用心血浇灌出来的。偶尔碰到对手，心中窃喜，感谢上帝的厚爱，便也不肯失去。

对手是针，我是线；对手是线，我是针。

一次晚宴上，结识了位中学老师，女性，而且好看。现实里，众多人叫我老师的，听过她的一番告白，我则真心叫她老师了。果然，以后的闲聊带给我无限的乐趣。关于树，关于兔子，言来今，去语今，似乎救活了一个老去的典故。

不是聊风花雪月就是闲，不是聊草木蚁蝶就是闲。事实上，有闲的人多，有聊的人多，会闲聊的人却少之又少。在对的时间里，与对的人得以闲聊，一定接近幸福了。忘我的幸福，什么能够替代呢？这个世界上有吗？有，还是没有？

我藏有诸多闲聊的记忆。历历在目，也历历在耳。在目，如一片云；在耳，如一声唤。尤其跟父母的闲聊，一片片，一声声，我在我的惦念中时常回到他们的身边。再后来呢，母亲弃我而去，父亲弃我而去。每次抚触他们的墓碑，我都不禁落泪。那泪珠浸入泥土，与二老亲热去了。

事实上，50 岁以后，我基本就没怎么交朋友了，交不住似的。不过，碰到投缘的人，亦即自以为可以闲聊的人，我都会加倍珍惜。说穿了，我还是为我自己。很渴望跟一个对手闲聊，意犹未尽地闲聊。聊着聊着，感觉仙仙欲飞，梦一样，要去那蓝天上了。

闲聊，聊闲，有所用心，却又无所用心。

"绿蚁新醅酒，红泥小火炉。晚来天欲雪，能饮一杯无？"如此诚恳地邀约刘十九，白居易仅仅是贪恋那红炉绿酒吗？往深了想，他是贪恋一场闲聊！

如果我有一座城堡，我愿意请一些闲聊的高手加入"城堡俱乐部"，白住白食，供他们无穷尽地闲聊，隔空聊，尽兴聊，无论白天和夜晚。

近乎魔幻了吗？不魔幻。心在哪里，话就在哪里呀！

我是哪个群里的

江湖在哪里？不知道。群呢？当然在手机里。

手机里的群一个又一个，连机主都糊涂，外人只能猜谜了。单说我吧，一部手机在握，群来复群去，握不住昨是今非。这世间，得有多少个群？……无以数计！

属于我的群，二三十个，够不够上小巫呢？起也由我，伏也由我，起起伏伏，则过去了许多时光。其实，它们没一个是我的。我也不要群，来之易，去之更易，哪怕群里有爱情，我也是不要的。

7年前，群应运而生，在我眼里却一片模糊，我根本不知道群是个什么东西，或者是个什么玩意儿。最初，热心的群友上牵下联，扯动我的衣衫，却没能拽住我的身影。形形色色的群，熠熠闪闪，我始终在群外转悠，偶尔猜想那群类似于迷宫还是类似于青楼？更多的时候，我沉醉于自己的事情，当它不存在一样。

怎么就进入群里了呢？从一问世，我就习惯了底层生活，要求始终不高。体现在手机上，能接打电话、收发信息便好。

智能与技术，搞得我迷糊，甚至狼狈，最后被俘。不过，即便是眼下，我也只会点"接受"。接受了，新的天地便展现出来，或此或彼，了却彼此的心愿。

我在群里没心愿，只有好奇，对人物、事件、过程、结果的好奇。现实中，我最好奇了，甚至不肯放弃每一个值得好奇的亮点。群里呢，既动不了口，也上不了手，剩下了卖呆儿，术语称潜水。当然，潜水不可爱，却也不可恨。恨什么呀？没碍着人说，没碍着人做，没碍着人明修栈道暗送秋波……

我在群里看风景，默默地看，当逛超市了。超市里应有尽有，买与不买，逛一份心情。心情好，稻草便是金条；心情不好，金条便是稻草。无所谓了，捞到什么算什么，原本空手闲逛，叫外卖还要付钱呢！

任何一个群主，注定不喜欢我这样的，白吃白喝赚油水，还骂娘。其实，我骂归我骂，不影响群情，该说什么还说什么，想怎么说还怎么说。日积月累，堆了许多垃圾，时常左右我的心绪。只好忍，忍不成神龟，却也能够泰然处之了。

同群小天下，各揣心腹事。唧唧复咕咕，互赠大瓣蒜。

物欲横流的社会，我也无法免俗。想过多少次，当个总统什么的，唯一没想当群主。为什么不呢，或许是太容易了。吸铁石只能吸铁，吸不了木头。

民国时期没微信，倘若有，倘若鲁迅、萧红、萧军、许广平、周作人等同为一个群，倘若林徽因、梁思成、徐志摩、金岳霖、张幼仪、冰心等同为一个群，好事者突发奇想，依据不同的性格与习惯设计了他们的聊天记录，尽管身处战火绵延、内忧外患的历史背景下，也不过是鸡零狗碎、打情骂俏应对，也不过是咖啡啤酒、笑脸玫瑰侍候。

显然，这个玩笑开得好！

常言道，物以类聚，人以群分。二三十个群里，我是个受益者。从中，既得以仰视江山社稷，又得以俯瞰草木蚁蝶，脑海充满知识。同时，我还是个受惠者，在报刊上发表的文章，往往会被朋友以及朋友的朋友转发，一群一群的，于更多的手机里波光潋滟，心中无比快慰。

也不是没有失望。失望也不绝望，更没有必要退群。退什么退啊，愿意卖乖的由人家乖，愿意卖萌的由人家萌，我毕竟没什么好卖的，宁可躲在角落里卖呆儿，也算消愁解闷儿了。经验告诉我，群友与群友之间，红包最实，拥抱最虚，虚虚实实一个意味深长的群。

我出入的群，多则几十人，少则几个人，都没什么重量，反而轻薄，且轻且薄，仿佛风一吹，就没了踪影。幸好群起群落，由着茫茫人海。群里事，不能拿到群外说，音不对位。"青山原不老为雪白头，绿水本无忧因风皱面"。一个群，一份缘，慢说青山和绿水，聊聊天而已。兴之所至，不问西东。索然无味，隐形遁迹。谁也逼迫不了谁，正好让手机歇歇，把气儿喘匀乎。

再计较，就是矫情了。

今人矫什么情啊？要风得风，要雨得雨，那些在呼风唤雨的人都是意气风发、目空一切的。竹林七贤没有群，兰亭雅集没有群，其趣其味，流荡着，飘浮着，越千年万年。

好的群是一块金灿灿的蛋糕。

孬的群是一块干巴巴的海绵。

当然，一朝入群，身心均不由己。熟人呢，早安晚安，道个冬暖夏凉，论个是非曲直，倒也挺受用的。生人则麻烦，倘若遭遇上了无厘头，动不动就灌上一碗恶俗的"心灵鸡汤"，如何是好呢？一机在手，群群相拥，难免弄丢了自己。

是啊，我是哪个群里的呢？

"予独爱潜水，群之隐逸者也"。孤单了，寂寞了，便去群里逛逛。菜嫩果鲜，马放南山，一时随着去了。二三十个群，停停走走，管它是不是港湾或者屋檐。累了烦了，拂袖而去，斗地主兴许更有意思！

把散文写好

　　什么样的散文，称得上散文呢？哪一篇散文，敢说自己是散文呢？别费思量了，没有的！

　　立足吉林，放眼全国，乃至全球，尤其是新世纪以来，茂叶繁花，芳香四溢。省作协审时度势，举出吉林文笔散文卷（上中下），可谓顺水推舟，感召了作家，也满足了读者……始于当下，功在千秋。

　　是检阅，是梳理，更是回顾；是激发，是抚慰，更是寄望。我们现在有理由说，吉林散文，貌似一盘散沙，实为一盘散珠。岁月里，相映生辉，相照成趣。对，没有最好，只有更好。把散文写得更好，是作家的理想。

　　好散文都在历史里，都在文化里，历史与文化给了散文无尽的宝藏与无限的空间。中外散文各个时代的名篇佳作，星光灿烂，须仰视才行。大有大的格局，小有小的脉络；大有大的情怀，小有小的韵致。好，当然好，却无法断定最好。我们读到的好散文，社稷变迁，人事变幻，苦与悟，痛与爱，一一地去了，期待中的便是那更好的散文。

何况"取法乎上，仅得其中；取法乎中，仅得其下"。

散文跟着灵魂走。灵魂的山水，远远美妙于自然的山水。

吉林省，说大不大，说小不小，散文作家和作者，或昂奋，或沉迷，或起起伏伏，心中却几乎如教徒一般在探求、在摸索，细细地寻找与发现。那些被称作经典的好散文究竟在哪里？自己的笔下，风雨雷电抑或风花雪月，衍生着怎样一种散文的力道、力持和力戒？没错，古今多少事，都付笑谈中！

读者要品味的是咖啡，绝非咖啡伴侣。换言之，读者要品味的是啤酒，绝非啤酒沫子。

文无第一，孔子、老子、庄子，司马迁、诸葛亮，唐宋八大家，袁宗道、袁宏道，鲁迅、周作人，巴金、冰心……蒙田、布封、卢梭、培根、兰姆、史蒂文森、茨威格、尼采、安徒生，浦宁、普里什文、邦达列夫、夏目漱石、德富芦花、东山魁夷，泰戈尔、纪伯伦、梭罗……都把散文写到了高峰，凭文识人，凭人识文，他们不愧为散文的灯塔。

此一时，彼一时。

永久有多久？

好小说可以讲给人家听，好诗歌可以背给人家听，好散文却无能为力。依我之见，好散文必须悄无声息默读，独自才销魂。但凡被讲出来或背出来的散文，都不好。至少，不够好！

把散文写好，是我们的态度，也是我们的方向。作品有的深一些，有的浅一些；有的远一些，有的近一些，没什么所谓。通往情天义海、佛国禅境的散文之路，深深浅浅，远远近近，执着的是白山松水虔诚的兄弟与姐妹。

　　只有把散文写好，写得更好，才是我们的夙愿。

看 心 情

　　把文章拢在一处，挑挑拣拣，是很忐忑的。我心里清楚，不止出版一本选集那么简单。实际上，等于放高利贷，奢望读者锦上添花呢！

　　何况，选也选了，集也集了，够得上"锦"吗？

　　第一次，没有经验。

　　书稿在孕育中，名字轻轻地来，悄悄地去，没一个中意的。太看重的缘故，可以理解吧，就像父母期待孩子的出生。哦，心情？产期临近，索性《看心情》吧。

　　通常情况，心情跟着天气转，晴晴雨雨，冷冷热热。不过，心情比天气复杂得多、变化得快，随风而来复随风而去。人受制于心情，此一时，彼一时。生、旦、净、末，一颗心跳动着，或此或彼，生发着片刻的情绪。断断续续，直到生命终结。

　　文字是心情的产物，心情是文字的土地、阳光和雨露。《看心情》全部来自心情，无须讳言。然而，不同的是，这些从心情中跳脱出来的文字，已经不单单是心情的使者了。真的，心情以外，我把眼光更多地投放到缤纷的大千世界，我企图凭借那些值得一说的人物、事物、植物、动物，能够有再度的发现及其再度的唤醒。是我心比天高吗？我多么愿意自己心比天高！

幸好，人的苦乐，都在心情里头。

比现实更慰藉的是想象，比想象更慰藉的是梦境，比梦境更慰藉的是文字。如此说来，我的文字里有什么呢？主要是心情。

心掏空了，情独守落寞；心飞远了，情望断浮云。凡此种种，并非常态。更多的日子里，心情好，眼前好，天边好。信不信由你，片刻的一己之仁、一己之智，兴许长于一个人的寿命，光耀漫漫的岁月呢！

几十年写作，养成一癖，即习惯了自作聪明。外化到文字上，则体现出一种自以为是，见人说人话，见物说物话。在不在理，在不在趣，宁肯自圆其说。有心情的时候，我躲进妙不可言的清静里，思接苍茫天地，成就沾沾自喜的形而上的布达拉宫或豆棚瓜架，直抵风华深处。好极了：不羡鸳鸯不羡仙！

其实，也没那么忘我。纸面上的事情，算不得什么。即便是字里乾坤，即便是壶中日月，且实且虚，虚虚实实，一场梦想而已。今生今世，活不够，梦里补，文字成了我的同谋，总是不失时机地助力……

我很沉醉了，也贪婪。经常性地从柴米油盐升华至日月星辰，也经常性地从日月星辰跌落到柴米油盐。不看僧面看佛面，不看佛面看我面，由表及里。哪怕我自作多情，道一番人生滋味，由我及你。

终究意识到，弄文字进退两难，已经晚了。

天空有心情吗？请问风雨雷电；大地有心情吗？请问草木蚁蝶。如果你与《看心情》有缘，不妨静下来，读个三篇五篇，切近此一时抑或彼一时的我？

文字里面有什么

初见晓峰，内心生发肃然起敬的感觉。对啊，男人看男人，样貌和气质也是先入为主。他是来拜访我的，他看上去风流倜傥，现出一脸的笑意。我那时年轻，容易被打动，便迅速与他成了好友，成了那种频繁往来的好友。

怪不怪？那么多次的喧嚣酒局，多是他为我抵挡，却从不论酒；那么多篇的锦绣文章，多是我替他发表，却从未谈文。岁月催老，转眼成空，彼此二三十载情来意去，都谈论了些什么，记不大清了，留下的只是一片沧桑及感伤。

2016 年，轮到晓峰出版《竹叶集》了，嘱我作序，我再推托就矫情了。他把书稿丢在我面前，我只能从命。这个世界上，除了他与他的夫人，最熟悉"晓峰文笔"的，应该是我了。真的，根本不用细读，搭一眼目录，他的那些文字就复活了。我的意思是说，晓峰的那些乐山乐水、乐思乐情的文字，再一次淹没了我。在他的文字海洋里，我像一座时隐时现的孤岛被推来拥去，落得个逍遥……

跟诸多字里刨食的作家不同，晓峰没想把文章写到什么份儿上，或曰境地。他就是喜欢写，把自己喜欢的自然与生活写下来，写到满足，不管满不满意。那么，他满足了吗？文化、历史、哲学、天文地理、人情世故、花鸟鱼虫，凡是他经历过的、激动过的、思考过的，一一被他"滤"在了笔下。万千植物中，晓峰独爱竹，一连写了三大篇章，仍觉不够过瘾，索性把全部的文字冠名为《竹叶集》。说实话，我是不怎么感冒这个书名的，有些木，有些沉，有些老。但是，我拗不过他，随他一时（或许是一世）的情缘吧！

我还要替晓峰声明，写作重要也不重要。譬如生活，譬如呼吸，那才是任何一个人必须珍惜的，至少是不能割舍。时值 2016 年 5 月，我在西藏逗留数日，去了扎什伦布寺、大昭寺、布达拉宫等一些佛教圣地，悟出的"切肤之痛"却是：人不能缺氧。所以，写得好与不好，要看作家的笔力。写与不写，则关乎情怀了。

文字里面有氧吗？几许啊？

如果晓峰不写作，或者晓峰不把写作视为人生的一大快事，他应该有更好的发展。凭他的品质和才情，做什么都会有所建树。可喜的是，晓峰除了坦坦荡荡做人、认认真真做事的同时，还把个中的感受、感动、感想、感慨"提炼"在读者面前。哪怕是一棵草、一片叶子、一座老屋、一位朋友乃至一只小蜜蜂或一只小黑狗，他也不求"抠"什么"醒世恒言"，若能道出些禅理机趣，已经属于偏得了。善哉！

鲁迅曾说："人是吃米或麦的，然而遇着饥馑，便吃草根树皮了。"不错嘛,欲望要么妥协,要么膨胀。晓峰的欲望呢? 从《竹叶集》开始?

　　是为序。

斗 地 主

其实，是网上斗地主。

我这样强调，并非多此一举。现在的年轻人，远离了万恶的旧社会，不知地主怎样残酷地剥削农民。言及斗地主，首先联想到扑克牌的游戏。而且，年轻人恐怕更喜欢现实中的斗地主，有利益跟着，斗起来战火纷飞、硝烟弥漫，很刺激哦！像我这种慎而又慎的小心眼儿，经不起大风大浪，只好网上斗，即使斗红了眼，斗白了脸，天下依旧太平。

2017 年早春，万物未及复苏，我却学会了斗地主。不，不是特意学会的，而是一旁看会的。最初，看妻子忙里偷闲地在手机上斗地主，如醉如痴，且喜且悲，令我莫名且糊涂。禁不住问，有输赢吗？答我也干脆，记豆。我空落落的时候，凑过去看，看看就看出些门道来。日常生活，我习惯得寸进尺，看她处于不利的局势，则向她面授机宜。她才不听呢，初出茅庐，建什么言献什么策呀，要玩儿自己玩儿去。好好，我就自己玩儿。谁知，一玩儿居然上瘾了，比她还上瘾呢！

扑克是个好东西，54 张牌，颠来倒去，颠倒出许多种玩法。以前，我比较熟练的玩法，少说也得十种八种。大体有：钓鱼、升级、刨幺、填坑、打娘娘、炸红十、拖拉机、干瞪眼、三抠一或者四抠一。玩牌呢，不挑剔玩伴，要么同事，要么朋友，能玩到一起就是福，边玩边乐呵了。网上斗地主，似乎比跟同事和朋友玩牌还乐呵，都是步步紧逼、志在必得的嘴脸。有时，我出错了牌，队友一声娘娘腔的讥讽："你的牌打得忒好啦！"实际上，我领了一份提示，下次会注意，尽量避免类似的问题。人嘛，确实不该掉进同一条河流。

心里着了魔，不玩儿岂得安生。幸好，进入交战区，24 小时想斗即斗。男女不计，老少不计，愿意一起斗，任其臭味相投。游戏中三个图象，动漫的美少年美少女，却个个深藏着杀机。当《欢乐斗地主》的音乐欢乐地响起，用指尖轻轻一点"开始游戏"，17 张牌由大到小神出鬼没地排列眼前。叫不叫地主或者抢不抢地主，必须迅速决定下来。平心而论，谁都想当这个地主，关键是看有没有当地主这个资本。牌是一个方面，技是一个方面，二者皆佳，即可"超级加倍"及"明牌"，因为胜利在握。农民自有农民的狡猾，常以"不加倍""要不起"示弱，暗中却较着狠劲儿，当然需要巧妙的配合。行话说："不怕神一样的对手，就怕猪一样的队友。"实际上，是从另外的角度道出了斗地主的禅理机趣，出奇兴许克敌。不然，怎么会屡屡出现"农民胜利"呢？

不管是地主，还是农民，首要的是赢分。每天派送两次，每次派送 3000 豆。如果只输不赢，6000 豆仅够支撑三两分钟吧。

所以，要审时度势，要拼，要搏，要拼搏。地主要极力压迫，农民要极力反抗。我的经验是，作为一种游戏，当地主或者当农民，不决定于勇气，而决定于心智。套用一句古诗："不识地主（农民）真面目，只缘身在此局中。"的确，眼前一副半好不好的牌，怎能不心潮起伏？既怕辜负了机会，又怕落入了陷阱。豆豆，命根，6000豆原本不够挥霍的，一失"手"成千古恨，再回首已明天了。

明天又是个大晴天。斗地主吧！做地主就孤军奋战，做农民就同仇敌忾。角色自己选，选错了也别沮丧，下把重整旗鼓嘛。不过，出单出双，三带一三带二，顺子连对飞机压死炸弹，必须智慧且果断地实施。若是"等到花儿都谢了"，凄凄惨惨戚戚，可就由不得自己了。

牌情归牌情，牌理归牌理。牌来牌去，我企望着运气。运气在手，咋玩咋是。然而，豆数一旦陡增，欲望一旦膨胀，再想悠着点儿也悠不起来了。此时此刻，大脑失控了，执意把叫地主或者抢地主的赌注全部押在了三张底牌上。结果，往往被当头一棒，以致落花流水。痛定思痛，我努力去接近斗地主的真谛。即使是游戏，也要知深知浅，譬如知春知秋的农民。

斗地主斗狂了，在兹念兹，却也不好意思，索性推脱是被妻子拉下水的。她算不上言传，但绝对是身教。下水之后，冷暖自知。不过，很感谢那些天涯海角、隐名埋姓的牌友们，让我充分地享受到了斗地主的快活。现实中的我，已经逼近花甲，诸多的事情，蔼然视之，泰然处之，可一斗起地主来，不知有汉，无论魏晋，直至天旋地转了。

吸 酸 奶

好的饮品，往往是深入人心的。不仅深入人心，而且快慰人心。生发这样的感悟，其实源自一杯酸奶。

酸奶启发了我。哦，是接受酸奶的方式启发了我。

从前，我跟许多人相同，拒绝酸奶。酸性子的奶，惹不起，躲得起。奶是好奶，酸不敢当。酸甜苦辣咸，最怕的是酸。提及酸，我的口鼻立刻走样了，先天性反应。所以，我的食物链儿里，少有酸这一环。酸会影响身体吗？没研究，也没想研究。避酸，正当防卫，无酸为安。

有时候泛酸，睡梦中也泛，意识到胃出毛病了。做个胃镜吧，诊断上黑字刺眼，果然出了毛病。医生见我惶恐，脱口道："每天喝杯酸奶。"

那就是小毛病！我心里乐开了花。径直去商场，径直去酸奶的柜台，忽然发现酸奶原来琳琅满目，及时补了我一课。

回到家里，我又是我了。

赶紧上网，搜索有关酸奶的常识，譬如种类、配料、蔗糖含量、生产商、保质期、贮存条件、服务热线等。终于弄明白了，酸奶其实具有调节胃功能、改善胃循环的奇妙作用。然后，我便像幼儿一样兴奋而严格地制订"酸奶计划"。在自己家里，我篡改了医嘱，把"每天"变成"每晚"，把"喝"变成"吸"。后面三个字，便不折不扣了。

这样，每晚饭罢，我就把酸奶从冰箱里取出一杯，放置床头，回暖。它呢，也就"安分守己"地等在那里，等我把它捧在嘴边的那一刻。杯子靠近嘴边，不是喝，而是吸。当然是吸，生产商一杯一管儿配备，道理明摆在那儿嘛！

吸，充分演示着嘴上功夫。

我这个男人，尽管粗中有细，也没"细致"到"入微"的程度。吸酸奶，进一步塑造我，使我接近于完美。小小一杯，慢慢吸，慢到两分三分，伴随电视里的精彩节目，时断时续，则有意思多了。往往是，奶尽杯空，余兴尚在。

矫情归矫情，吸确实比喝科学，尤其对我这个天生怕酸的人，管儿是一种把控，一种有度必适的把控。我再努力，也突破不了。无论怎样的人，管儿吸酸奶，则瞬间文雅、精细起来。我毫不例外，甚至可以体察到微妙的渐变过程。而放弃管儿，像对待水、酒、茶、咖啡，急起来一"喝"了之，那无异于要自己的老泪。通过管儿，由着兴致吸，酸也不酸了，闹也不闹了，剩下的只是微雨丁香般的回味及回忆。

像天生与牙口为敌似的，童年、少年、青年，向来喜欢吃硬食。人到中年了，牙口越来越差，饮品胜过软食。从干果到水果，岁月在我的选择中完成了流转，而我也在流转的岁月中完成了选择，比水果容易接受的酸奶便是明证。未曾料想，酸奶点点滴滴，奇迹般实现了我的移情别恋，尽管是一点点酸，一滴滴奶。

饮品万万千，酸奶微不足道。若非医生提议，即便与它擦肩，我也一笑而过。是胃把我牵到医生面前，又是医生把我牵到酸奶面前。小小的机会里，偶然的酸奶调整着必然的我，从此抵达细密、细致、细润、细腻的境界，如同灵魂抵达艺术了，多么好啊！

酸奶对胃肯定有益，不然不会那么畅销。此念，仅仅限于我的主观推断，未经检验。我视酸奶为新宠，完全是口感成就的，目前与胃无关。口感来自吸，吸吸复吸吸，酸淡了，酸没了，挤眉弄眼的我幻化为心花怒放的我。这么吸下去，好兆头，好彩头。

男人吸金也吸爱，女人吸爱也吸金。天命天享，都是有滋有味有意思的追求。弄实成虚，出神入化，像吸酸奶一样！

吃 药

有啥别有病！

可是，能不病吗？怎么就病了呢？人的种种问题，病居首位。抚平不了病，奢谈其余。病，很复杂，复杂到难缠。如同那个哲学命题：人从哪里来？要到哪里去？呵呵，想想都头疼，慢说解惑了。

病堪比妖，时常小处袭扰，眼、耳、鼻、舌、指、趾斗一斗；病堪比魔，偶尔大处攻占，心、肝、脾、胃、肾、胰战一战。妖魔确实狡猾，熟悉人体的入口和出口，打得赢则进，打不赢则退。一次又一次，陪你玩儿。玩儿到什么份儿上？你说了算！

妖魔当然会弄鬼，下给人的一纸战书却是：病来如山倒，病去如抽丝。

我上大学初期，正病着。但是，我尽量装作没病，没病才能跟同学一样走进课堂，走进图书馆和阅览室。私下里吃药，药苦心更苦。多少次，晚上忍不住咳，用被子蒙头，泪水默默地流。冬天的那个早晨，我孤零零地在校园里走着，一口血吐出来，雪地上顿时"绽放"数点红梅。我惊恐至极，感觉死神突然来收我了。还能怎样呢？跟寝室同学撒了个谎，匆匆赶回家乡。翌日上午，父亲带我去医院，包括暖瓶和准备换洗的衣裤。医生让我们去办住院手续的时候，我说我要是住院，担心会被退学。医生可怜我，终于允许我口服治疗。重返校园后，我表面上学习暗地里吃药。三种药，剂量颇大，"吃药工程"持续了三个整月，竟然感动了上苍。

皆为过眼烟云了。烟烟云云，全是父母的倾力与牵念。

人病了，无异于陷入沼泽。想挣扎着出来，不能仅凭力气，还要依靠心气。这个地步了，方法决定成败。

对付神出鬼没的妖魔，吃药最是行之而有效。

药，一丝丝地往外抽病。

也不瞒谁，我是怕病的。从前怕打针，现在怕手术。所以，每次病，我都心甘情愿地把自己托付给药。是药三分毒，我信赖的是另外那七分。经验同时告诉我，吃药的硬道理是以毒攻毒。事实上，药比亲友还亲友，一旦派其上场，总会把敌人击溃、击退，使阴险的病妖病魔魂飞魄散了，无处潜藏。

痊愈需要过程，或长或短。所谓药到病除，那是太过理想了。很多的时候，妖魔耍奸，极尽周旋之能事，甚至在过程中攫走我的耐心与信心。药吃进肚里，而病依旧缠身，谁也免不了疑窦丛生。眉宇间，薄雾浓云，就那么郁郁快快着，不好看。

药也一副无辜的样子。

人生几十年，五谷杂粮伴随风霜雨雪，哪能不得病呢？人一朝病了，身体便堆成泥，轻则难受，重则难熬，很有些折磨。

不过，病一回，变一回，只要不是恶性病变，还都扛得起、抵得消，算体验生活了。驱魔降妖的路数多多，上下左右，离不开对症下的药。

药好吃吗？不好吃。跟全世界的主食、副食、糕点、水果比，药是最不好吃的。然而，吃药吃出名堂来，药是病的克星，是救星及抚慰。

欲与药诀别，只有不病。

一直努力着，向健康努力。尤其在中年以后，尽可能地放开腿、管住嘴，病依旧照来不误。

如果不是去医院体检，如果不是看医生诊断，我恐怕不会认账。胃病？萎缩性胃炎和浅表性胃炎兼有。

一之为甚，岂可再乎？

我知道胃病的厉害，尽管是从别人身上知道的。很可能切除三分之一，或切除三分之二，或切除五分之四，直到驾鹤西天。

治病吧？去找专家，著名的专家。

专家依据我的相关指标，给开了药单，嘱咐服用半月，然后复查。又补上一句，不复查也行。

哈哈，不就是吃药吗？这个我在行！

当整个疗程的用药送到面前时，险些拽出我的眼泪来。像妈妈照料孩子，药剂师把药一份一份配好，并且在药瓶、药盒上写明时间、用量，清清楚楚。

那还迟疑什么？吃就是了。

果然，犯上作乱的胃，一副媚态，与我求和了。

倒也有些意思，我吃药虽然没什么仪式，表情却呈几分庄严。

是的，我敬畏生命，免不了敬畏生命中的大病小病。而来势汹汹的病，总会在药的奋战下草草收兵。我呢，一次次的痛苦化作一次次的痛快，花儿一样恣意了。

往事可堪回首，尤其是体现在面貌上的那些病。算什么啊？只要摸清路数，只要治愈大病小病的对症之药握在手里。

即便是心病了，望一望星空，看一看草木，时间大药无敌！

人病了，吃药去。

回 乡 记

　　老实说，平安之行，我是不大敢称自己是还乡的。既失青春，又无锦缎，还什么乡啊？

　　只能是回乡！

　　回到生命中的第二故乡。

　　那里有奇幻的美景吗？没有；那里有奇妙的美食吗？没有；那里有奇绝的美人吗？没有。

　　然而，我要回到那里去。

　　去就去嘛。仿佛一瞬间，吕延辉驾驶的"汉兰达"便把我们送到了那里——我的藕断丝连的平安。

　　对，我们。韩温江、张廷臣、我。

　　温江、廷臣，包括延辉，听说我回乡，积极伴随，特别动我情肠。不过，我习惯于更深层地领会：是特别的旧雨新知动了特别文学的情肠。

　　最初的计划，一改再改，一拖再拖。

　　1977 年 7 月 27 日，先是坐火车，后是坐马车，18 岁出头的我，以一个知青的身份近乎狂热地投入舒兰县（今为舒兰市）平安公社永和大队第四生产小队的怀抱。斗转星移，整整40年零两个月，亦即2017年9月27日，我再次踏上了这片情切切、意惶惶的土地。哦，除了天上的云和身边的风似曾相识，从前的三中、朝二中、电影院、供销社以及杂货市场完全变了，有的变陌生了，有的变模糊了，有的干脆变没了。我呢？无论怎样努力，也不能使它们在记忆中一一归位。执意去寻电影院，去寻当年七七八八的知青看《洪湖赤卫队》的细枝末节。实际上，这部老片早已被中学时代的我们看熟了、看烂了，之所以还会跃动着披星戴月地到三五公里远的公社看，其意义或意趣恐怕不在电影本身上了。那是什么意义或意趣呢？天不知，地不知，知青的男男女女不知。自然，也不白看，知青劳作间歇，兴致来了，则选其中的几句台词搭戏，好一番快活。许多个不眠的夜晚，《洪湖水浪打浪》《小曲好唱口难开》《看天下劳苦人民都解放》的男腔女调，在集体户房舍的周围缭绕。可惜了，电影院不复存在，取而代之的是一家与文化毫无关联的冷冷清清的商铺。

我不甘心，直奔平安站。"岿然不动"的候车室，比昔日更加斑驳，这反倒激发了我的思古之幽情。我慢慢地走近它，又慢慢地走进它，里面空无一人。顺着检票口，步入站台，恰好有一列绿皮火车停留在前方的轨道上，做了我"永久的纪念"的背景……

无论哪一个，无论愿意不愿意，残破的生活，漏掉的时光，或许，我是那沉湎往事、醉心缝补的笨瓜？没关系，刻舟未必求剑。

一

尽管"近乡情更怯",何以"不敢问来人"?

天色苍茫。夜,迅速笼罩了平安。并且,把我们"逼"进了潘家大院。人可以形而上,肚子只能形而下,那还客气啥?吃饭吧!菜呢,就一个:地锅鹅。我是不喝酒的,只抿了两口北大仓。饭菜什么味道,根本没在意。是的,我的心思在张宽甸,亦即永和大队一、二、三、四生产小队的所在地。生产四队的政治队长张文学,此刻坐在我的左侧,一脸淳朴的笑。他慢声慢语地告诉我,永和大队改名永丰村了,原先的一队、二队合成一社,原先的三队、四队合在二社。询问他的年龄,已经67岁了。再看他的状态,依稀还留存着当年的精明与干练。能跟他的精明与干练有一拼的乡民,自然是邓玉昌。又瘦又高的邓玉昌,农活不让人,嘴更不让人,曾带给知青很多"接地气"的乐子。提及他,张文学呷了口酒,道:他就住在平安镇里,得脑血栓了,你要是想见他,也能来。我确实想见他,乡民中的一个亮点。记得他当兵之前,还专门到户里跟知青"恋恋不舍"来着。他是生活的牺牲品吧?呵呵,谁不是生活的牺牲品呢?思及至此,我摇了摇头,不见了!

我是一个理想主义者,经常加进一些绮丽的色彩。回乡之前,我甚至希望队里召集乡民开个见面会。不,就是我掏腰包请乡民吃个便饭。这样,我可以在短暂的时间里与乡民一一相认、相握、相谈,然后相别。在同乡民相处的日子里,或浅或深、或淡或浓,都留下了印象,诸如大队书记、大队卫生员、小队会计、保管员、车老板、饲养员、妇女主任、电工，他们不跟社员一起下地，却与我比较频繁地接触着。虽然不那么火热，也都暖眼暖心的，一个是一个。在我的心上，格外惦记着两个年轻人：一个是姚传喜，一个是王勇祥。1979年，他俩在三中准备高考，跟我一样复习文科，相互便有所熟悉。那一年，大家都落榜了。我选择继续拼争，据说姚后来务农，王去大队做民办教师。问张文学，方知姚依旧务农，王已于春天病逝。俱往矣，一时不是滋味。

人生非梦，亦非烟……

在永和，在四队，与9男10女组成了另外一个家庭，名曰集体户。户舍是原来的生产队部改造的。所谓改造，便是保持着泥草框架，仅仅在屋内盘了南北两铺大炕，中间砌一米高的砖，上面再用胶合板隔断，顶端空出一尺高透亮。这样的结构，客观上便利了青年男女的沟通。白天多用话语，夜晚多用歌声，其乐融融，也一片祥和。社员们到户里串门儿，见男生女生之间打情骂俏，直瞅得愣眉愣眼的。兴许，也流口水，私自擦去了事。

户舍对面是大队队部及卫生所，左前是仓库，右前是马厩，看上去无异于一个四合院。院子里，是最热闹的地方，白天夜晚不断人。派活、开会、扯犊子、办集体伙食，堪称生产四队政治、经济、文化、娱乐的中心。知青落户不久的一天夜晚，队内开批斗大会，"历史反革命"孙敏政、"富农"刘文汉、"右派"王颖三位"坏分子"在昏暗的灯光下向社员"低头认罪"，就是在仓库里进行的。

批是批，斗是斗，他们的子女似乎未受影响，种田地归种田地，赶马车归赶马车，该怎么乐呵还怎么乐呵。

我却没敢再进过仓库，总觉得那里阴森森的，藏着牛鬼蛇神。

除此之外，四合院几乎都是诱人的一幕又一幕了。

尤其在晚上，男女老少闲着就往这里聚，歇脚儿的、耍嘴儿的、卖呆儿的……聚在一起，偶尔有露天电影放映、二人转演出，则会掀起喧嚣的巨浪。

与户舍东墙相连的乃是队里的磨米间。稻粒脱成大米，只有在这里完成。对了，磨米间无门，公家私家，推上电闸即可干活，拉下电闸即可收工。八月十五出新米，撩得知青睡不安稳觉，于是半夜里起身，用脸盆取回来烧火做饭，油亮亮、香喷喷的大米饭无须佐菜，直接填饱了肚子。

二

人生过了大半，往事的碎片逐渐泛起了光亮。然而，在这些光光亮亮中，知青的情愫、情趣、情思与情怀愈发闪烁，闪闪烁烁。

我是不怎么敢回味的，我怕我的回味里掺杂着魔幻似的遭际及假想。

头一次回乡，已是30年前的事情了。那次回乡，轻描淡写，心里留下诸多的遗憾。渐渐地，连遗憾也是一风吹，莫名其妙地化为乌有，像粮食被掏空了的粮仓。

我以为，我跟它没关系了。一空，就空了30年。怪谁呢？

要怪只能怪岁月。

这是我第二次回到第二故乡。此前，欲联系当年集体户的户员，最好结伴而行，最终作罢。还打算从当年启程的吉林北站上车，依次闪过棋盘、金珠、亚复、大口钦、丰广、吉舒、东富、舒兰、水曲柳的站牌，抵达平安站，然后一步一步地走回户里，终究未遂。

末了，廷臣提供给我一个喜出望外的途径。条件是，我得先给舒兰市文学爱好者讲两个小时的课，一个半小时也行。讲就讲吧，讲讲《文学和我们的生活》。无须讳言，这是一个大题目，两个小时没法讲透。不过，我还是据个人经验，尽量捞出些干货。两个小时下来，听者意犹未尽，非要合影留念。可以呀，只要不烦我，合个影，留个念，挺圆满的嘛！不急，原计划晚上也是睡在平安镇的。

早早地睡下，只为早早地起来。实际呢？借上厕所之机看了时间，凌晨 1 点 42 分，岂料再躺下却睡不着了，只好赖在床上"烙饼"。直到公鸡啼鸣，直到轻手轻脚地走出沐泉阁洗浴中心。不远处，忽见"平安粮库"字样，顿生亲切感，便顺着图示下道，是一家牌子很亮的粮食贸易公司。猜想，应为 40 年前的粮库旧址，却没一个行人可问。

秋意浓，独行在风中，有点儿冷……

三

从"霞姐餐厅"出来，已过 7 点，正是阳光普照的时候。

延辉是个平安通，且重情义，为我无条件地履行着司机兼向导之责。有他在身边，我的追溯更加具体，更加细致。依我的意思，车至三中，停下来。他抬起手，指着东边的路说，你就顺着蛟金公路往前走，经过火烧街、四合屯，就可以看到张宽甸了。其实，站在三中起点上，我立马年轻如昨，年轻到知青岁月里了。这条路，当年来来回回地走，多少欢喜悲忧消逝在风霜雨雪中。此刻，放眼望去，九月的稻田，由绿转黄，辽阔而芳香，好一派乡村风光。禁不住，蹲下身来细看，发现近处的稻田里人影闪动，正在挥镰收获。于是，我把片刻的疑惑抛给随行的温江，问："怎么不用机械呢？"答："机收太糟蹋粮食，粮食是农民的命根儿！"我点点头儿，好像一下子醒悟了——人收虽然笨重，但安全，也踏实，割一把是一把，割一池是一池。

是不是呢？

就这样，半小时的路程，被我走走停停、停停走走的两个小时的"即兴发挥"所完成。

一路上哼着忘了词儿、走了调儿的知青歌曲，幻化成故事，迷迷离离。

歌曲《小芳》的那种哀伤，油画《我的前夫》的那种恐惧，随风飘逝了吗？

我所在的集体户，大多数知青爱也爱了，恨也恨了，结局都还不错。岁月不饶人，40年风雨，我已经记不大准他们的名字了，但是每个人的一招一式、一颦一笑、一腔一调、一心一怀，以及给予我的友善、友爱、友谊，依然完好地藏于心灵深处。

我不是清教徒，见人家朝朝暮暮出双入对的也艳羡不已，甚至把户内的单身异性琢磨个儿遍，终究没有选定目标。心中的目标是大学，即使几位比较亲近的，或帮着干活，或帮着洗衣，也不过蜻蜓点水，如此这般。后来，我无数次地想，幸好我没有过早地陷入爱情的旋涡。

四

与张宽甸交叉的路口，村主任张力已经在那儿等候了。我快步迎上去，以示歉意。他却冲着旁边的一个老头儿说："你认识他不？"老人脱口道出了我的名字。我打量来打量去，脑海蓦地浮现出"英俊小生"既胖且白的形象。果然是他——王化有。恍兮惚兮，一个身体单单的、声音低低的老头儿，昨是今非矣！

再问，64 岁了。不过，当他一连串儿说出段学成、黄国昌、吴金荣、王玉梅、刘月华、李户长、老大、小高、小曲时，我还是惊讶于他的记忆力，并感动。集体户里的 9 男 10 女，如今散失在生活的各个角落，使同一个屋檐下生活过的我数起来都未必顺畅，而他念兹在兹。

我要去看后建的砖瓦结构的户舍，竟然被无情的塑料大棚取代了。向南，倒是呈现着规模大了许多的房群。凑近一瞧，原来是平安镇社会福利服务中心，即敬老院。再南，便是成片的玉米地了。记忆中，与玉米地隔道的西面也是成片的玉米地。当年看青，我的主要职责就是护卫这两大片玉米地。一心为公的青年，不知留下了多少辛劳的身影和杂乱的脚印。回想那时候，我其实跟假模假样的稻草人没什么区别，不过是移动的稻草人罢了。我在明处，偷青的农民在暗处。他们在我面前，一个个尽显农民式的狡猾，躲得过则躲，躲不过则主动搭话。我远去了，偷青人的眼睛和耳朵便也及时转换作用。成熟的玉米，那会儿姓公也姓私。机会总是属于好事者，大家返城探亲的前一天夜里，几个知青趁机鼓动去我白天兢兢业业护卫的玉米地收秋，而我只有跟随。没办法，年轻的我纠结归纠结，却不能成为叛徒。大家掰玉米的声音，刺得我心头一阵阵的痛，默祷也于事无补。最后，几十个大包小裹塞得满满，掩藏在路边的草沟里。第二天清早，大家手拎肩扛地奔向火车站。据队长陈绍武后来说，他当时就站在村口，把这一切都默默地看在了眼里。

40 年后，我想见到昔日那些熟悉的面孔，陈绍武是首选。如果见到他，我一定会当个玩笑提及这件事。玩笑？玩世一笑？

王化有自顾自走了，好一会儿，又来告诉我，陈绍武去割地了，可能一会儿回家。好吧，我就请王化有带我先去看刘列学。刘列学是我知青时期最要好的乡民，如实说，他家的饭碗我没少端起，尤其是他母亲腌制的咸菜特别好吃，令我没齿不忘。不巧，列学到镇里去买鱼买肉，只有嫂子在家。嫂子让我进屋吃新烀的玉米，我跟列学通完电话，便拐进屋内吃上了。半穗儿没吃完，急着跟嫂子告别，因为想去看看隔壁的刘列喜，列学的二哥。二哥时为永和大队小学的民办教师，家里的文学名著一本一本地供给我阅读。我对列喜，怀着两个小愧疚哟：一是他把学校的二胡借给我，被老大一不小心坐折了琴柱，虽然修理后还回，却没好意思告知；二是他打算转民办身份为公办，请我找朋友帮忙，我听说难度太大就放弃了。见到列喜后，旧貌依然可寻，旧情依然可感，却找不出曾经共识的话题了。正说着话呢，张喜森进得门来，他跟列学走得近，殊途同归，公办教师退休，工资卡里月月进项 4000 余元。实际上，我方才见过张喜森了。他当年属于三队人，但不干农活，靠修家电的手艺赚钱，而且会一点武功，名扬平安公社。我经常去他家里，是跟他的弟弟张喜山近密，对他自然也比较了解。路口处，正在推销药，围着凑热闹的人。走过去，发现人堆儿里的姚传德，彼此交情匪浅，我曾经把母亲为我做的劳动布裤子慷慨地送给了他。可惜，他只跟我搭了两句话，再没有下文了。我忽然联想到了闰土，尽管我远非鲁迅。尴尬着呢，张喜森上来笑嘻嘻地瞅我，瞬间唤回了我的记忆，那个黑瘦黑瘦的嬉皮士一样的老模样。呵呵，他现在果真是老模样了，黑瘦黑瘦的，抟掌着胡须，一脸酒气。不过，这个老模样，热情、率直、诚恳，我喜欢。

队里的人，被我一一问起。也只有在这样的时刻，我才知道自己的心里原来装着众多的乡民。列喜和喜森一一告知每个人的状况，刨除搬走的、去世的、出去打工的，队里剩下的熟人已经十分有限。哦，我无数次设想过的情形似是而非，岁月流逝得太快，只留下影影绰绰的一只尾巴。

可以看到刘喜君吗？

列喜知我心，迅速从兜里掏出手机，通话后说："在地里干活呢，马上回来。"

我竟然有些兴奋。我兴奋什么呢？当年的刘喜君，是乡民中的典型代表，优点多，缺点也不少。明里暗里，大家都叫他"大吹""老吹"。什么事，经他一煽呼，没边儿没沿儿了。也没什么了不起的事，他过他的嘴瘾，人过人的耳瘾，挺过瘾的嘛！

刘喜君耿直，跟集体户打得火热。知青的内情，他掌握得最多；他的内情，知青也掌握得最多。迁入新的户舍之后，户里有人惦记他家的鸡鸭鹅了。一天黑夜，在户里的全体户员出动，悄悄摸进了他家的院子。听外面有异响，他机警地出来探查，碰上了没经验的几个女生，问：你们干啥呢？答：找东西。东方既白，刘喜君寻思过味了，什么东西在我家院里呀？再去禽笼看，什么都没了，恍然大悟。于是，他气咻咻地来到户舍，透过门玻璃一瞧，拔光了毛的禽类大模大样地摆上了锅台，像示威一样。

一晃40年过去了，很想去他家串个门儿。刚到院外，刘喜君骑着自行车从南边过来，双手紧握着我，甚至有些激动。我被他的情绪感染着，往事一件件袭上心头，又袭上嘴头。眼下的他，68岁，身体硬朗，一脸的快慰与幸福。还喝二两不？喝，见天喝。肥肉不吃，瘦肉塞牙，一生气就吃大豆腐、干豆腐。

话毕，他邀我进屋喝酒去。还真没唠够，可是我有那么多人要看呢，至少我要在张宽甸的一、二、三、四生产小队游游逛逛，捡拾哪怕是昏黄的支离破碎的记忆。所以，婉言谢绝了他的盛情。

已经日上中天了，陈绍武还没有回家，这使得我的兴奋里多了一丝遗憾。

五

如果记忆不错的话，陈绍武应该是我见到的第一个永和人。

他敦实、憨实、务实，身为生产队长，和集体户又是房挨房的邻居，给我们这些远离父母的知青许多关心与照顾。晚上，有事没事，知青一抬脚，就进了他家。要吃啥吃啥，要喝啥喝啥，他的胖弟胖妹，也成了知青的胖弟胖妹，亲如一家的感觉。接受这样的"贫下中农再教育"，很痛快，很舒服，也很逍遥。

众所周知，他家穷，比一般人家穷。欠着队里 4000 元，谓之挂账。这个数目，相当于今天的 40 万元吧？我一直好奇，这笔账后来是怎么平的？尽管他当时一身的力气、一脸的笑容。

特别要感激的另一个人，叫朱诏麟。

是他首先选中了我，田间地头，一得闲，就粗腔粗调地给我讲古今中外的文学。20 世纪 60 年代，他是哈尔滨工业大学的高材生。命途多舛，后来落为地道的乡民。不胜体力的农人，心中装满了"无限江山"。他给我讲曹丕和曹植，讲《七步诗》："煮豆燃豆萁，豆在釜中泣。本是同根生，相煎何太急？"他给我讲陆游和唐婉，讲《钗头凤》："红酥手，黄縢酒。满城春色宫墙柳。东风恶，欢情薄。一怀愁绪，几年离索。错，错，错。　春如旧，人空瘦。泪痕红浥鲛绡透。桃花落，闲池阁。山盟虽在，锦书难托。莫，莫，莫！"我当时年轻，记忆非凡，听两遍也就背诵下来。他还鼓励我考大学，鼓励我写诗歌散文。我能够有今天的发展方向，有赖于他的早期指引。

下乡之初，我只是个意气风发的青年，一心想好好干，能早些抽工返城，跟哥哥、弟弟、妹妹一起报答父母的养育之恩。
是陈绍武们或多或少地抚慰了孤单之我，是朱诏麟们或明或暗
地点拨了迷惘的我。

我的"桃花依旧笑春风"的永和啊！

六

曾经，五常大米霸名于市。私下里，我很为平安大米抱屈。
同样的天时、地利、人和，差在哪儿呢？

一个是出嫁的新娘，一个是待嫁的闺秀。做知青期间，耳
濡并目染，身体并力行，使我逐步学会了从播种到收获的全部
知识与技能。平安大米，昔日贡米，尤以金星、华丰、长发、
永和等为胜。时尚一点儿形容，恰似"低调的奢华"。乡民不
顾天下事，只管好好劳动，好好过自己的日子。

春去春又回，秋短秋又长，一切都在日子里。高考的冲刺
阶段，我默默地远离了村庄，默默地远离了乡民和知青，孤军
奋战。或许，他们不知道，在苦苦复习的间歇里，我总会不由
自主地想念他们。对，想念，无声无息地想与念。

心血汗水，1980 年盛夏，我终于拿到了大学录取通知书。

没有谁为我送行。

七

"轻轻地，我走了，正如我轻轻地来。我挥一挥衣袖，不

带走一片云彩。"平安，我的第二故乡，当然不是徐志摩的康桥，没那么诗情画意。事实上，它太过粗糙、杂乱、破旧、浅薄，甚至颓败和荒凉。不过，我爱它，由表及里地爱，爱到骨髓里，化作一个又一个闪亮的梦，抚慰着我的"路漫漫其修远兮"的人生之旅。

不错，它埋藏了我青春的血汗、困顿、忧伤、失落、期求与热望。

偶尔心意沉沉，也曾愤愤地想：平安就是一个废弃的啤酒瓶子，以后永远也不会捡回来。

之后的40年里，苦苦甜甜，平平仄仄，是生活一点一点地唤醒了我"冷冻的记忆"。终于领会到，我的精神上的那些硬东西，都是在"广阔天地"里练就的。譬如坚定、坚贞、坚忍、坚毅、坚强、坚决。

笑问客从何处来？才不管呢！悠悠然，独自穿行于张宽甸的房院、田埂、沟塘、树木之间，一趟又一趟。见到老相识，便凑上去聊聊；见到新花新草，则蹲下来嗅嗅。此时此刻，我觉得我是这片土地上最忘情的人了。

似水流年等闲过。哦，乡村路，带我回家！

湖　墅

　　湖是一个名词，墅是一个名词，两个名词遇见，互敬互爱，交相辉映，组合成一个更加安谧的名词。从而，湖不仅仅是湖了，墅不仅仅是墅了。

　　多情的人，称之为湖墅。

　　9月，比人还要多情，在秋色里调制秋声，在秋声中铺展秋色。

　　传说中的湖墅，隐隐现现，平添了一层神秘，秘密而神奇。居住在这里的人，或醉心于法兰西风情，或醉心于美利坚气度，或醉心于阿根廷律动，或醉心于新西兰格调，落脚点却只有一个——湖墅。

　　湖边墅，墅边湖，融为美妙。美，是美妙的美；妙，是美妙的妙。

　　幻觉中，四小天鹅翩翩而来！

　　倘若用音乐比喻，湖墅当是生活的华彩段落；倘若用绘画诠释，湖墅当是生活的斑斓局部。

曾经，看过一部由马克·雷戴尔执导、凯瑟琳·赫本、亨利·方达主演的电影《金色池塘》，描述退休的老教授与老伴儿在新英伦湖畔的度假屋中度假，在平静的日子里却面临年老的各种危机。他的女儿刚离了婚，正处于徘徊的心境。一向关系不睦的父女俩，终于因为13岁的孙子跟祖父母同居的一段日子而解开了心结……

人生在世，衣食住行而已。杜甫的《茅屋为秋风所破歌》，伍尔芙的《一间自己的房子》，海子的《面朝大海春暖花开》、潘美辰的《我想有个家》，都在诉说栖身之所的苦情蜜意，诉不尽也说不完。

住平房的时候，渴望住高楼。住高楼的时候，渴望住别墅。住不上别墅呢，则把渴望交给梦及梦想。

室雅何须大吗？须大！花香不在多吗？在多！

纸上涂鸦的昔日，痴痴缠缠，总也绕不开房子与院子，绕不开树、桥、水、石头和日月星辰。或许，我是一个积极的人，经常暗自生发些在地上"涂鸦"的念头。如果允许的话，我倒十分愿意让一片土地和一片水域"长"出一片奇迹，犹如风设计云一样。

起初闻听湖墅，我的确不以为然。曾经沧海的人，无论对什么，往往不以为然。推想：不过是地产商的又一个名堂。亲临湖墅，于湖水、树木、果岭、私宅之间放步游荡、驰目骋怀，不得不说这个名堂玩得好。面对比花园还花园、比曼妙还曼妙的场景，我只能由衷地说一声好。好，涵盖量极大。顺眼是好，顺耳是好，顺风是好，顺雨是好。我说湖墅好，等于说它出乎其类了，等于说它拔乎其萃了。

在妙不可言的感觉里意犹未尽地生活，放空自己，只留下身体和灵魂。

瓦尔登湖是个什么样子？一本书昭告全球。

贝加尔湖是个什么样子？一首歌唱遍天下。

跟许多人一样，我当然期盼把渐行渐近的晚年安排在湖畔。有诗凿凿为据，2016 年秋，我在手机里写道："是倾心湖中的水 / 还是倾心湖畔的树 / 我说服晚年 / 与湖水做伴 / 不跪拜梭卢 / 也不祭奠梭梭罗 / 只愿跟思想家的影子，做超时空的交谈 / 关于水，关于树 / 关于湖畔因缘。"

有湖的地方是湿润的, 适宜生长草木。有湖的地方是温暖的, 适宜生长爱情。

天茂人聪明, 置别墅于湖畔, 置生活于艺术, 戳中人心了啊！

体检的一份附录

附录，就是一些多余的话。可说可不说，可听可不听（亦作可看可不看）。

——一份关于体检的附录。事情的起因是这样：半年前，我的两个大脚趾出现了对称式黑甲，也没怎么当回事儿。忽一日，在"朋友圈"里看到消息，此种征兆隐含癌变。心绪如麻，索性去医院。三百六十行，我对医院充满了信任与依赖。

多方面考虑，我选择了神经内科。曾经在神经内科住过两次，医生好，护士好，环境好，让我这个颈椎病患者比较受用。颈椎跟趾甲，里外都远着呢，我却"病"中生智，再次理所当然地住进神经内科的病房。我说我头晕，我说我手脚麻，我说我心情糟糕，神经内科不接受这样的患者，那得丢掉多少份额？职责嘛！

像在配合我似的，一穿上病服，一躺在病榻，身体蓦地十八变，哪儿哪儿都觉着不太对劲儿了。用不着我操心，医院对住院患者自有一套体检程序和治疗方案，跟着走就是了。抽血，留尿,打针,吃药,尽可以在病房完成,省去许多的气力;做脑彩、颈彩、腹彩及泌尿系统彩超,导诊主动牵引,省去许多的周折。我倒不是怕费气力和周折,内心深处怕的是内体深处的顽症。人活几十年,风霜雨雪,苦辣酸甜,什么样的身子能够经得起检查?千回百转的,颠来覆去的,没病?一点儿病没有?鬼都疑惑。

"有啥别有病。"实际上,它的内涵主要在于祈愿。病轻病重,有医术,有药物,便有抚慰和盼头。至少,不用太紧张,太过度的紧张。我已经做过两回脑核磁了,由好奇到惊恐,由惊恐到安静、安康、安好,竟接近自负了。这次开了单,我说不做,拗不过妻子,权作"深入生活"了。十几分钟完毕,我觉得自己像个凯旋的勇士,见妻子怀抱的衣物恍然间成了缤纷的鲜花。没病,真好,真的是好!

也不是绝对的乐而无忧,那就太死心眼儿了。我的大脑我了解,没病不等于没问题。特别是近年,乱云飞渡,难免记不住事,难免想不起事。偶尔,且主宰不了嘴巴。经典案例有二:一是打扑克时想说在别人"前面"走了却说成在别人"面前"走了;一是妻子让我把牛肉放冰箱里我想问放"上层下层"却说成了"楼上楼下"。我是做文字工作的,旁人以为我矫情呢,实则是地道的口误。神经紊乱了?抑或神经搭错了?我给自己的诊断是供血不足,比核磁仪器靠谱儿吧?发现这个问题后,我积极应对,遂找来《唐诗三百首》,每天背个五绝五律七绝七律,白天夜晚,随日月摇头晃脑,想必有所改善吧?

不管什么人,住进医院,都会变乖的。我一开始就乖,温顺得像只羊，进而享受着医生的高明与护士的殷勤。走完形式主义体检，我不失时机地提出了个性化体检，即从头部转到脚部。我脱掉袜子，把两个大脚趾的黑甲同时亮出来，待查房的教授带着若干实习医生来到床前，我恳切求助，尤其强调黑甲对称之担忧。教授犹豫时，我穷究手脚发麻的缘由。教授笑了，下医嘱请皮肤科会诊。第二天，正打吊瓶呢，皮肤科的一位男医生凑近，问了问，瞧了瞧，丢一句"鞋挤的吧？没事！"想跟他掰扯，白大褂的影子已经蹿出门外了。真的没事吗？磨叽了，医生说没事。

没事就是没大碍。不但脚没大碍，而且主治医生那里捷报频传，我所有的检查指标均显示没有大碍。当然，治疗是有周期的，仍需要几天用针用药，以便扩充血管、营养神经。余下的时间，就是我在医院里关怀自己了。这么一关怀，可怜兮兮了，孤单地看着吊瓶输液，孤独地想着亲人与友人。原本群居的动物，一旦落孤，悲情缠住了心，比失恋还难受。

谁说的呢？人活一世只拥有两个半东西：身体、名字和花出去的钱。深一层的解读是，名可换，钱可变，身体却不折不扣。我自尊自爱，直至中年，烟坚决不抽，酒尽量不喝，有毒有害食品唯恐避之不及。眼下，最见功力的运动要数散步了，依旧挽不回渐行渐弱的颓势。我以外的芸芸众生，多多少少，遗憾在所难免。终究是，人无完人！

人，病不起。

"沉舟侧畔千帆过，病树前头万木春"。病人呢？

生命实在宝贵，筋骨、血肉、器官乃至外包的皮肤，容不得太重太深的伤害。好好的，一定好好的。办完出院手续，蓦然回首：医院真不是好（健康）人待的地方。安顿身体和灵魂，最好的还是家，那里有温暖，有温馨。

跟陌生人说话

不少读者注意到了吧？ 2015 年 12 月 24 日，《吉林日报·东北风》周刊"真情表达"版的头题位置刊发了《此心安处是吾乡》，署名张丹盈。张丹盈是个怎样的人？我不知道。能够确切地告诉大家的只有一条，她是白山市一名高二学生。

"她"而非"他"，是依据我的主观猜测，请谅解。

我们互为陌生人。不，也不完全是陌生人。至少，她提供了一个名字和一篇文章。言及文章，她还不一定认呢！更可能的情形是，她偶然得知白山市"明美杯"中小学生作文大赛的活动，眼前忽然闪亮，思绪忽然缤纷，忙里偷闲急就了一篇作文。对，她习惯把自己写下的文字叫作文，朝夕相伴的同学们都这么叫。作文交出去后，复归日常生活。她的日常生活，自然是把课业学好，学到最好最最好，学到忘了自己。

《此心安处是吾乡》初评胜出，亮相在我眼前的时候，已是 2015 年 11 月 7 日的上午了。我作为"明美杯"评委之一，入微地筛选，生怕拂了主办单位的良知。整个评选活动，共分

三组，即小学、初中、高中。高中组，由作协主席和我拿出一
个结果。拿出什么样的一个结果，云里雾里，其实重任在肩，
重力在心。一篇又一篇，千里挑一，缩减成百里挑一，最终的
这个"一"，必须当之无愧。确认入围的 6 个篇目之后，两个
人再三品读、比较、议论、琢磨，还请身边的五位评委进一步
审阅，讨取他们的各自意见。直至晚饭前，提笔落名，终于锁
定《此心安处是吾乡》为一等奖。

我居然有些兴奋。多少年来，大大小小的评奖，我都看在
眼里、记在心上，个情难以诉说。身为"明美杯"评委，我不
揣私心，公平公正公开，纯粹的"看菜下箸"让我觉得痛快，
痛痛快快。返回长春的几天里，脑际仍免不了飘绕着它的好词
好句："很多时候，途经巷口，抬起头就看得到湛蓝的天，大片
大片的云，连成一片苍茫的白色海洋""这里人与人就是这样，
细水长流，彼此善待，像开在人间的小小花树，是微小而值得
珍重的情谊""这里的山水、人情和坚守着的文化，带着一份
慈恩，让我们这些活在其中的人，即使身处奔波之途也犹似故
人。"我能不兴奋吗？作者的眼光、情愫、心智、表达全然突
破了中学生的作文体。对，我叫它文章，而不叫它作文了。

谁没有自己的故乡呢？太多太多的人，还未及领略故乡风
骨、领会故乡精髓，便已经远走高飞抑或四处漂泊了。如我，
韶华时光去了远方，此后一直在远方，故乡成了我这个外乡人
起起伏伏的惦念。我，还算好的呢。那些回不去故乡的人们呢？
那个回去之后的贺知章呢？——"少小离家老大回，乡音无改
鬓毛衰。儿童相见不相识，笑问客从何处来。"张丹盈在长身

体的同时也长学问，在长学问的同时也长乡愁，于是早早地为自己和他人准备好了"低头思故乡"的补药及解药。

阅读张丹盈的文章，实际上等于走近她。她小小年纪，一颗向善、向美、向真的心。爱她的父母一定虚虚实实训导过：不要跟陌生人说话。那么，遵守了吗？她好像没有。用文字说话，文情字义，都说给什么人了呢？除了自己，都是心灵上的陌生人。陌生不可怕，可怕的是不沟通。张丹盈是幸福的，比一般人幸福，她毕竟找到了与陌生人行之有效的沟通方式，她喜欢并且擅长"跟陌生人说话"。

当然，从文章的角度看，《此心安处是吾乡》尚稚嫩，且轻浅。然而，相对于老模老样的成熟和老心老肠的深重，我尤其喜欢前者。前者更有前景，如春草，如春花，如春风，如春雨，引发出无穷的情思、无尽的情怀、无极的情趣、无限的情理。我主编"东北风"周刊24载，史无前例地把一个中学生的手笔刊发在头题的位置上，灼灼其华。哦，与其说这是一种期许，毋宁说这是一种期望。唯此安排，唯此心安！

在此项活动的颁奖前夕，白山市作协主席和秘书长诚邀我亲临现场，可惜不能成行。也不怎么可惜，去了做什么呢？我该尽责的尽责了，至于获奖者，他们该感谢的是自己。比如张丹盈，她有那么好的文学功底尽情享受吧，高或矮、胖或瘦、黑或白、美或丑都不在话下。我在远方关注她，我把祝福献给她，尽管我是她闻所未闻的陌生人。

看朋友去

落下这个题目，我已经春风满面了！

朋友不在玉门关，朋友在长白山第一市。神奇的土地、空气、阳光、水，适宜万物生长，伴随着风花雪月的调情。婉约的诗意中，朋友活成一棵树，一棵又一棵行走的树。

"第一市"从前叫浑江，现在叫白山。

"江山留胜迹，我辈复登临"。只是，如果外乡人怀着孟浩然般的欣喜，执意寻去或寻访，则过于乐观甚至浪漫了。白山没有石窟，没有兵马俑，没有正大光明的宝殿，没有水色幽微的古巷。华夏的大中城市，历史多半悠久。相对而言，白山太年轻、太肤浅，天真的城市，山也依了，水也傍了，希望却在明天，即未来。

中国地图，抓大放小，忽略不计。吉林省地图，白山构成一个点，四下摊开来，以平展、平实、平凡为区域魅力。这样的白山，我喜欢，特别喜欢，因为朋友在那里。知心朋友，久不相见，便会想念。想来念去，索性逃离自己。我逃离自己的方式之一，是放下手头的俗事俗务，欣欣然奔赴白山。

本来呢，完全可以一个人悄悄进城，何妨突然袭击，一传二，二传三，三传诸位，朋友个个喜从天降地聚会，所谓"雨露均沾"。我了解那里的天气、道路、宾馆、超市和昼夜，尽管不及指掌，却也顺风顺水。事实上，总是想想而已，每次动身前，都先把云飘过去，把雾散过去。然后，择一日践约。客车刚启动，急忙发送短信，告知三个半小时抵达。短信过去，就无须我再操心了。我操什么心啊？读读书，看看报，乏了养养神，困了睡睡觉，不乏不困，窗外一路风光好。车到客运站，朋友迎上来，一个两个或者三个五个，身旁停着私家车。一辆不少，两辆不多，三辆五辆也不铺张。这样的阵势，得去哪里接风洗尘啊？从前总是酒肉，近年主随客便，径直去面馆，每人守候一碗面条或面片，中间四盘小菜，土豆丝、葱油丝、海带丝、明太鱼丝，边吃边额首称赞。肚子最乖顺了，填什么都饱。不过，朋友知道我热爱火锅，若是擅自预订了，我食欲膨胀，忍不住也要饕餮一顿。

白山的朋友，多为领域里头脸光鲜的人物。我一去，他们都没头没脸地陪我了。镜花水月，此情可待成追忆，青沟湖、红土崖、北山公园、六道江溶洞……去过则没意思了。彩虹桥倒是便于"念天地之悠悠"，熙来攘往，人行车流，怎一个"独怆然而涕下"？知道他们繁杂缠身，我说我自己走走，走哪儿算哪儿。他们不答应，宁肯不忙事也来忙我。其实，我心里暖暖的。世界那么大，我凭什么单到白山走走啊？会朋友嘛！

水土养人，人也养水土。人与水土的不解之缘，是历史与自然的交融，即文化养成。朋友像白山，质朴、温润、热诚、低调；白山像朋友，低调、热诚、温润、质朴。

低调？有一种境界叫"低调的奢华"，近乎"诗意的栖居"！

做我的朋友，不容易，苦衷隐隐，只有担待了。通常情况下，我以季节为楷模，春是春，夏是夏，秋是秋，冬是冬。日月引潮，不免乱季言行，惹一时麻烦。白山朋友通文墨，知我者谓我心忧，不知我者谓我何求。忧亦忧，求亦求，偶尔露出骄慢的尾巴，他们当游戏了。这样，得寸进尺久矣，竟凝铸了我的三个不怕——不怕病，不怕错，不怕兜比脸干净。种种事例，一一感动过我。不说了，寄放在岁月里，风吹不残，雨打不败。

陶渊明独爱菊，周敦颐独爱莲，我独爱白山朋友（白山以外的朋友，请谅解，我不舍得换掉这种表达句式）。往谱儿上说，我是"爱"白山朋友的"独"。以实为实，跟他们在一起，我经常性地不知道谈什么好。谈天太远，谈地太近，谈名太雅，谈利太俗。我心情失落的时候，想到他们那里找安慰；我身体失陷的时候，想到他们那里找抚慰。见了面，针扎气球似的，彼此笑笑，天下无事，变言谈为手谈，尽情打一场没输没赢的扑克牌……

此行不虚，握别。下一回，照旧。

"纵使有花兼有月，可堪无酒又无人"。对于白山朋友，我充满依赖及期待。五六十岁的人，对撒子且对心思，总寻思往一块儿凑。闲聊中，我怂恿他们，在长春买套房子，几十平方米足够。他们嘴上应承，迟迟不见行动。骂有什么用？他们的根在白山，活成了那里的树，一棵又一棵。好吧，毕竟那片水土消解了半生或多半生的血汗，由他们去吧，晚年我就在家里静静地等。不，现在这样多么美，脑海里转啊转的，念想一朝旋出来，则化作看朋友去的行程！

　　哦，白山那里，什么情况？

读 书 命

　　年轻时，谁都想奔个好前程。奔着奔着，发白了，脸黑了，身体也缩了。不远处，横亘一条退休线。低眉顺眼间，虚名浮利云烟事，没剩下什么了。

　　镜子里的自己，昨是今非，一派老模样。

　　老模样更好。老到连社会都不计较了，则可以躲在小屋里心安理得地读书了。这，固然是个没作为的晚景。一介书生，老有所乐，要什么作为啊？先贤于谦有言："书卷多情似故人，晨昏忧乐每相亲。"讨自己的欢喜，最好了！

　　其实，懂事以后，就没断了讨自己的欢喜。

　　生命洗礼中，令我欢喜的主要方式是读书。如此说，有自吹自擂之嫌，好像我多么风雅似的。不，我起初的读书跟风雅不沾边儿。家里有破旧的《红岩》《红日》《烈火金钢》《野火春风斗古城》等，我觉着好玩就一遍两遍三遍地读。比较用心读完的是《红灯记》《沙家浜》《智取威虎山》和《红色娘子军》。当时，正值"革命样板戏"在影院里如火如荼地上演，我感到幸运，是父亲特意买给几个孩子的。

尤其感到幸运的是，我下乡后，很快跟一个被遣返务农的老大学生结识。他见我喜欢文学，地头上便教我背诵唐诗宋词。还把他做民办老师的妹夫介绍给我，一有空闲，我就往民办老师家跑。老师的书籍多是名著，虽然都是烟熏火燎的旧书，却不影响读。我上大学，执意填报中文系文学专业，离不开他们的撺掇。

幸运来，幸运去，如同命里注定了。我这人，认命。

在大学的图书馆里，卷帙浩繁，即便蜻蜓点水，也使我的眼界和胸怀大开。从专业的角度出发，沿着绵延的历史线，我把"读"变成了"啃"，从《诗经》"啃"到明清小说，从蒙田"啃"到海明威。在我的视野里，世界上三种最多的物质是：星星，树木，书。

命，可以养。与其说我有福，毋宁说我有命！

古代那么多读书人，我先前引苏东坡为知音。他时常附在我的耳边，鼓励道："发奋识遍天下字，立志读尽人间书。"然而我辜负了他。不但辜负他，连自己也泄气。如今，我早已不在书中奢求"黄金屋"抑或"颜如玉"了。由着书，正书正赏，闲书闲品，人生不过是一次性消费。回首往事时，有先生陶渊明顶着呢——好读书，不求甚解。

比我会安慰自己的人，有更奇妙、更虚幻的想头儿。他说要是有钱了，就买一卡车的书，堆成一张床，整个人躺上去睡觉做美梦。

读了半辈子的书，明白了许多书里书外的事与理。省察自己的来时路，如果我不读那么多的书而把大量时间用在升官发财上，我会成全怎样一种人生？不是那个命，也没那个命。猫，七命。果真如此，它该有些出息。人只活一命，一命里，金、木、水、火、土，近乎玄学，已经形而上了。社会学看人，啥人啥命。读书人穆涛说得好："读书是坐船。船有两种，一种是游船，一种是渡船。"

而我，我坐的是哪一种船呢？

读书命，极好。尽管没那么多的实惠，也没那么多的沮丧及挫败。毕竟一介书生，饱食终日，衣锦寒暑，无事便可以寻一处清静自在逍遥，够得意的了。还有更得意的呢，譬如雪夜读情书。且慢，我这个年龄，有人肯往手里塞情书吗？十几年前，买过一本冯亦代、黄宗英的情书集《纯爱》，雪夜里拿起来读读，也不失为一种回味与抚慰。

为欢喜而读书，一如为人生而艺术。我读书，我欢喜。吉林电视台有档"全城热恋"节目，我能看即看，16位女嘉宾一个男嘉宾或16位男嘉宾一位女嘉宾，个个是心底有意、眉目传情，于言来语去中寻找另一半，于泪水笑声中寻找属于未来的幸福。我看节目我欢喜，欢喜一时，烟消兮云散兮……

读万卷书易，行万里路难。到今天，我不知道自己究竟读了多少书，应该是破万卷了。然则，令我惭愧的是，除了实地踏访张家界，我只是在《世界100自然奇景》一书中完成了对它们的遐思与梦想。还好，我还有书做伴。这个世界上，一样不占的光棍儿比比皆是，个中的滋味，难解难诉。李潘著的一本书叫《真不容易》，冯小刚著的一本书叫《不省心》。同一个"不"字，凝结着多少"万卷"与"万里"的炎凉。

天生一个读书命，无限风光在眼前。是书，把我领到了山脉，领到了河流；是书，把我领到了天空，领到了云朵。像一个纵横古今、驰骋中外的穿越者，我在书的世界里自由来去，以至那"无穷的远方、无数的人们，都和我有关"。我不说，也有关。

浮世流光，难免我的失意。有时候，我是挺失意的。不是赚不到金钱、守不住美人的那种失意，而是生活明日复明日，茫茫雾海，一时失了灯塔，迷了方向。幸好有书，幸好那些文字及时地带着温度拥向我、抱紧我。鹰击长空，鱼翔浅底，鹰命或者鱼命，都得活，并且活出自己的意思来。据说，人的前世是鸟，而手臂是轻灵的翅膀。

今生有命，读书命！

如果有一天，当任何一本书也读不下去的时候，那我是真的老了。读书成不了佛，或可成仙，淡淡仙气飘绕着我，满眼尽是好看的书。

按照心愿过日子

　　跟许多人相同，我也是有心愿的。2015 年的心愿，没多少翻新，一如既往七个字：读书写作编稿子。岁尾年初，回过头来审视，竟遂了时光。这当口，若问我幸福吗？我还真幸福；若问我快乐吗？我还真快乐。

　　我喜欢的事情，日复一日，月复一月，点点复滴滴履行着、体会着、期盼着，直至花朵般绽放了，而我仍然矜持或深沉，慢说他人鄙视，镜子里面看自己，都得看成一条大麻袋——太能装了！过去的一年，世界波诡云谲，战火硝烟、恐怖袭击、山体滑坡、空难、海难、爆炸、车祸、毒品……夺去了多少无辜人的生命。我有幸活得安稳，且能按照心愿做自己喜欢的事情，惠风和畅顺，足够了，要什么自行车啊？

　　年初的时候，我获得了"中国散文优秀编辑奖"；年末的时候，我获得了"长春文学奖金奖"。两个奖项，分别从编辑和写作的角度给了我一份肯定。剩下的，就是读书了。读书完全属于个人行为，读好读不好，无须官方或他人评判。顺风顺水，我又把《读书命》一文投到《中华读书报》舒晋瑜名下。舒女士待我以热诚，表示尽快安排。坦白地讲，她的话令我涌动了片刻。不，不是片刻，是好几个片刻。《中华读书报》是我看重的，舒晋瑜是我敬重的人。尤其是她那本《说吧，从头说起》，历时15年绵密追问，采访16位顶级作家，之后接近完美地捧出了"舒晋瑜文学访谈录"。

感觉上，我的2015年的时间与空间，几乎被读书写作编稿子塞满了。事实上却不，俗事缠身，俗务累心，愁也愁过了，病也病过了。一天天，一月月，生命中轻轻重重，能不能承受则另当别论。之所以在回首这一年的当口，觉得自己幸福快乐，是因为毕竟霜雪染华年，我已经学会了适应，学会了化波涛为平静，化烦恼为平和，化怨怨艾艾为平平常常。而已，如此而已！

日过三竿天过午。从容归从容，淡定归淡定，仍存实实在在的怕，怕"夕阳无限好"，怕"举杯邀明月"。当然，也怕男人太世故、女人太市侩，怕友情开出的是谎花、爱情开出的是昙花。怕的背后，还有诸多无解的方程式。忽然收到一条短信，说她在网上买到了几本我从前签赠他人的旧书。几本？那一定是我的至交，却把我轻易地出卖了。类似的事情，再二再三，我不知道自己应该兴奋还是郁闷？抑或是悲哀？

心愿之外，雨露滋润禾苗壮。在这一年里，求了一些人，也帮了一些人。都不是什么大事，小事尤见真情，真情尤其暖心。人一生是这样的吧？由小变大，再由大变小；由真变假，再由假变真。今年的幸运是，夏季时我在新疆认识了一种矿藏，它叫铍；冬季时我在三亚认识了一种水果，它叫莲雾。都是陌生的小角色，而小小中透着不小的意义。意义中兴许还有意趣呢！

圣诞节前一天，单位食堂借午餐之机发给每人一个苹果，包装纸特别烘托出苹果之尊。我饭后出门，忽见老友青民，便顺手把苹果送上。语去言来，彼此间流溢着美妙的意趣，比意义美多了、妙多了。

暖心的小事，无人喝彩，也无须喝彩。

如果把年份看作一列火车，2015 号已经驶向远方了。生命之于生活，平安是一种好，无事是另一种好。组合在一起，必然好上加好。

不错嘛，平安，无事。平—安—无—事—喽！

宛如流水

痴迷诗，久矣！

许多年后的今天，我把自己的第三本诗集定名为《宛如流水》，忽然有些羞涩。对，不是羞愧，不是羞赧，而是羞涩。真正的意思呢，不是曾经沧海的那种自悟，不是情窦初开的那种自醒，而是自悟自醒之时，油然而生的那种初始的意味、意绪、意趣……

幸好，我还会羞涩，尽管很少表现出来。

青春的一段时光，诗无敌。写诗和读诗，成为生命的追索。没黑没白地缠绵，梦里也不肯歇息，很逍遥，很沉醉。相对而言，名利当然有，一点点，不在话下。

风云变幻，尘世浮荡，诗化作一份情潜入心底。难舍的事，往往都是这样，岁月掠不去，留下一颗心。你站在桥上看风景，看风景的人在楼上看你。明月装饰了你的窗子，你装饰了别人的梦。卞之琳笔下的这种情境，嘴上传诵都好，何况回味了。譬如喜欢一个人，喜欢几十年，独自在心底波——光——潋——滟。

"为人性僻耽佳句，语不惊人死不休"。诗圣杜甫不但有胸怀，而且有气魄。殷殷地，切切地，以己喻后，功德无量，千秋大业一首诗。

随着年龄的增长，我越来越痴迷那些意犹未尽的小诗。说是小，其实是从小处着眼，小到一片月光、一枚树叶，小到露珠儿或泪珠儿。通过小意象，抵达大境界，所谓一滴水见太阳。对，也不一定非见太阳，见什么不行啊？只要熠熠烁烁，只要给人片刻的慰藉与幽思。

我痴迷小诗，恐怕与流水有关，尤其是与歌唱着的山间流水有关。潺潺湲湲，轻轻曼曼，就那么有始无终地流动。远方有多远？历史问，哲学问……流水不问。

读过一篇短文，大致是：潮涨潮落，许多小鱼被留在了沙滩上的深深浅浅的脚印里，有个孩子提着小桶一条一条地捡，然后放回海中。人家笑问，谁会在乎你这种傻傻的行为啊？孩子郑重其事地答，小鱼在乎！

那么，星辰呢？草木呢？诗呢？

《宛如流水》诗三百，恰好暗合了"诗三百，一言以蔽之，思无邪"。毋庸讳言，我在写作的过程中，积极地融入了个人的艺术理想，很希望它清洁、清亮、清雅、清透，率性而随意。能不能成就，那看我的造化。必须得承认，活了几十年，有些人，有些事，依然是一厢情愿的诗，至美而忧伤。

越静越好，静到虚；越净越好，净到空。

出书的理由

"吉报"不见超人，多半却是高人。

高人呢，未必"一览众山小"。所谓"吉报"高人，两手皆有绝活儿——一手新闻，一手散文。做新闻，风生水起；作散文，花团锦簇。

里里外外，别一番酸甜苦辣；出出入入，别一种春夏秋冬。

《吉林日报》70周年庆典之际，汇集两本书，曰《记忆芬芳》，曰《梦想绚丽》，如两座宫殿，相得益彰，相映生辉。

两本书的作者都是"吉报"人，无论男女，无论尊卑。

我于大学毕业的1984年7月，只身投入"吉报"的洪流中。今天算来，马马虎虎可做"中间代"。回望与展望，陡生三分骄傲。事实上，前辈、同辈、后辈，时常被我情不自禁地组合成一个"光荣之家"，水乳交融，春暖花开。我了解他们的工作，熟悉他们的样貌，懂得他们的诉求以及生命之重与生命之轻。一天天，一月月，一年年，得或许有所得，失或许有所失，得得失失，就渐渐老了，身后便甩出去一个个陌生的面孔。

陌生，也是同事。同事，不再陌生。

然而，我还是过于浪漫了。"吉报"人的使命，毕竟是"铁肩担道义，妙手著文章"。

幸好我脑海里的同事和身边的同事都有志向、有情怀、有趣味。幸好他们在生活中栉风沐雨、穿云破雾的间歇，也为自己的心灵留下了桃花源抑或芳草地。有时候，他们跟唐诗里的牧童一样忘我，"归来饭饱黄昏后，不脱蓑衣卧月明"。一片片记忆，温暖日子乃至岁月。报社庆典的节点，征稿和编稿的工作才得以顺水推舟，少费许多心思及力气。

何止于此，我嗅到的是一阵又一阵的"芬芳"，我看到的是一片又一片的"绚丽"。躲在新闻的背后，感受散文的魅力，便有些接近享福了。为什么不呢？

奢侈一回是一回！

"昨是儿童今是翁"，"吉报"人也不例外。打个比方说，新闻有如粮食，散文只当酒水。在漫长的 70 年里，一代一代的"吉报"人，思接千载，光风霁月，了却天下事，始得身后名。

庄子曰："天地有大美而不言，四时有明法而不议，万物有成理而不说。"可惜，"吉报"人不是庄子，没一个是。出世与入世，"吉报"人果然聪明，充分而恰切地记录了或表现了人间的冷与暖、恨与爱、近与远、浅与深……

"吉报"人有足够的理由骄傲，包括我。

把《记忆芬芳》和《梦想绚丽》喻作两座宫殿，未免有些夸张。然而，请允许我借此出版之机"悠悠闲处作奇峰"。我固执地认定，看朱成碧无非本能，弄璞成玉方为本事。就散文而言，"吉报"人有这个本事，即便炫耀，何妨？

心中一盏灯

人的出生地在哪儿，哪儿就是老家吧？我呢，出生在松花江畔的吉林市，先是十三栋，后是化机校，再是新吉林，总之在江北。老家的日月星辰、花草树木装点了我的童年和少年。时光如梭，继而下乡、上学、安家立业，便都身在异地了。

几十年的异地生活，风风雨雨，老家成了我思念和慰藉的一盏心灯。毕竟，我是幸运的。我的老家距我的集体户、我的大学校园、我的省城新家，尽管隔山隔水，却没有想象中的那么遥远。从前几块钱，现在几十块钱，坐汽车自有公路，坐火车自有铁路。至少，我不纠结"少小离家老大回"，更不苦恼"笑问客从何处来"。若要回老家，买一张票即可如愿。

回老家干吗？那么，不回老家又能干吗？

做知青的时候，农活脏且累，没完没了，吃喝全不尽意。回老家，歇着，养精蓄锐吧。只是好景不长，两三天后还得乖乖地置身于无边的田野上。睡不着觉的夜晚，想亲人，想跟亲人在一起的朝朝暮暮，免不了叹人生苦命，甚或暗自流泪。此心不安，吾乡梦中。

上大学的时候，读书，写作，一心当诗人。身体却不争气，突然的一个早晨，咳血了。匆匆回到父母身边，去医院检查，是肺病严重了，被要求住院。那不就得休学吗？左思右忖，上掂下量，我索性带些好药重返校园，续圆文学的美梦。

参加工作了，公差私事，回老家的次数明显增多。妈妈甚至会担忧地问，工作顺利吧？当然顺利，不顺利的事窝在自己的心里。陪她逛附近市场，遇到老邻居，妈掩不住内心的喜悦，自豪地推介我说是省报记者，我在一旁点头，不好意思吱声。

越来越频地回老家，是父母老了之后。人老了，都寂寞，总期求儿女守在膝下，我当然懂，所以有事没事就惦记往老家跑。除了带给他们些食品，基本上就是陪他们吃饭和聊天。多半情形是，见我回来了，母亲喜上眉梢，而父亲则默默地走进厨房。吃什么，或者聊什么，都是即兴的，无所顾忌，热闹得跟过节差不多少。

最后一次跟母亲的聊天，是2011年2月12日晌午，全家人聚在妹妹家过年。母亲躺在床上，父亲在一旁递给她葡萄吃，我凑到床上跟她亲近。其实，只是我聊，她慈祥地点头，不时地回我一脸笑意。因为要回省城，我就被客厅里的人喊去吃饭。天南地北正说着呢，父亲从里屋喊着说，你妈好像不行了。什么？我们奔过去，她老人家已经断气了。从此，我和我的兄妹、弟弟失去了生命中的最爱。

接下来的日子，父亲一个人挺着门户，无依无靠。子女们放心不下，商来量去，比较实际的办法是，让父亲去住老儿子家，白天由同一栋楼的老姑娘料理。我生活在省城，距老家较近，抽得出空儿来，便会回到父亲身边。事实上，他的脾气越来越差，独独不跟我发火，顶多是见到我现身也不说话。人活到这个份儿上，衣食住行都没要求了，我眼瞅着他一步步变得无助、无奈、无意义，心里郁郁寡欢，可惜灵丹妙药也救不了他。不足一年，他便去找我们的母亲了……

一段不算太远的路，我来来回回走了近乎半辈子。如今，父母把"快乐老家"带到了另一个世界，我被关在门外。

没有了父母，没有了我心心念念的所在，老家成了日渐淡漠的记忆。虽然我有些时候也去看看弟弟妹妹和二哥，终归不比先前。去年夏天，我和妻特别绕道，去探访久违了的父母的老房子，出来迎接的却是陌生租客。一时恍如隔世，曾经的旧门、旧窗、旧柜、旧床历历在目，物是而人非了啊！

霞 姐

老实说，当霞姐（吕艳霞）发来"请求添加你为好友"时，我竟然有些激动。没出息是吧？即便没出息，我也鬼使神差地"激动"了一会儿，一小会儿，片刻。点了"接受"之后，轻轻舒了口气，给她个回应："喂，好吗？这些年，好吗？"呵呵，以字短，求意长，乃我惯用的伎俩。当然，亦可视为由衷的问候，攻守全在里面了。

"朋友能报上尊姓大名吗？"霞姐不吃我这一套。她，似乎更喜欢面对面抑或实对实。

"由你叫一声朋友，很特别呢！""没懂。"

"就像我叫你霞姐，有幽默的效果。"

"你不报名，我就要删除了。"够警惕的——她可能收藏着糖果，以为我可能收藏着石头，而我或许是那个用石头换糖果的人。

……

刚刚开启的微聊，忽然拐进了胡同，而且是尽头。想想，霞姐没错，问题出在我身上。我不希望有什么隐秘在对方的手中，微信上一直使用另外的名字。没安什么坏心，主要是虚来虚去，才有聊天的空间及兴致。我的关切里，透露了彼此乃为旧雨，而她眼下迷迷蒙蒙。

最怕北岛的预言，落实在我们的身上——"杯子碰到一起，都是梦破碎的声音"。"霞姐，认真问一句，令爱在做什么？"我把我的诚恳派出了。显然，是要挽回什么，什么呢？她固执己见："我们之间连真实姓名都不报，还能谈其他吗？"哦，霞姐自有霞姐的道理。一个在台前，一个在幕后，公平何在？至少是话不对位。

霞姐终究手下留情了，没删。我做报纸副刊编辑有小半个世纪，起初的几年，总爱向作者的诗文下手，以为删繁就简了，以为去粗取精了。后来，我对诗文的认识提高了，对人生的认识提高了。更上一层楼，不但眼界宽阔了，胸怀也豁达了。霞姐聪敏，不失时机地展示了自己超凡脱俗的宽阔与豁达。

由此，我得以阅读她的思想、情怀、趣味和心境。每天的清早和夜晚，她都会转发若干时政资讯、社会新闻、国际风云、医疗保健、佛心慧语，以及那些深入人心的佳文妙图。秋风凉，秋色重，却如此热衷与热心，堪称一道美丽的风景。同年龄段的人，多半已经放挺了，苟活着一副皮囊。霞姐信奉的董卿说："你读过的文字，都会化成你的气质。"会吧？会不会呢？当然，她是给她的朋友圈看的，跟我没关系。事实上，我想看即看，想怎么看即怎么看。心血来潮，我甚至还会自作多情地点赞和评论。我愿意啊，她有什么办法？换言之，她没什么办法。

比如她上传杨澜、倪萍、林徽因，或者冰箱、麻将、交通图，我都完整地阅览。尤其是那些"早安心语"，我是很受用的。但我未致谢意，怕她一生气便没下文了。

"生气"这个词，是我脱口而出的，没经过大脑。其实，霞姐是我的同学，初中以至高中。那些个旧日子，时常见她一副笑模样。至少，我没机会感知她生气是一种什么状态。穹天之下，我们两家住前后楼。上学放学，不期而遇，遇到了也不过是笑笑罢了，轻轻浅浅。在化建中学的67·4班，她算比较好看的；好看的女生中，她算比较明媚的；明媚的女生中，她算比较进步的。占了这三条，她拥有着可亲且可近的人缘。那时候，没有班花一说。如果有的话，明里暗里，同学们肯定会推选她的。她既不爱好文艺，也不爱好体育，还不爱好劳动。非要举出她的爱好，她比较明显的方面是爱笑，爱脸红。

2017年"三八节"，心系若干女性，却首先发给霞姐一段诗句："女人们今天都很漂亮很漂亮 / 你们有男人节吗 / 没有男人节 / 就应该对女人肃然起敬。没有母亲你能长大吗 / 是的，长不大 / 没有老婆你能受得了吗 / 是的，受不了……"末尾，我祝霞姐快乐，快快乐乐！她看过后，兴许是略有所动吧，再一次丢下"朋友能报上尊姓大名吗"的硬话。我想，我完了，完蛋的完。

却不能怪她，因为她在微信里未识我的面孔，也无从想象。从韶华到白首，春夏秋冬，风雨霜雪，我们只见过两次。一次是在路上，一次是在席上，话题未曾深入。我呢？心里头，缠绕着疑惑，一脸笑意的她，又是母亲又是老婆的，要多辛苦有多辛苦？还是要多幸福有多幸福？

3月16日，霞姐转发了《据说受欢迎的女人都有这几个特点，你有吗》。标题足够长，文章也足够长，我还是仔细品读了。之后，我意犹未尽地写下评论："其他的，都好。女人就是不能太精致，太精致就是太刻意，太刻意就是太矫情，太矫情就是太虚假，太虚假就是太寂寥，太寂寥就是太悲哀……"尽管有些绕，我的意思毕竟表达了。

绝不是玩什么文字游戏。事隔40年，音讯几乎为零，突然间邂逅微信群里，我积攒了多少问候和问题啊！若说游戏，猫只能跟猫，鼠只能跟鼠。猫吃老鼠？老鼠还吃大象呢！人这一生，可以跨过岁月，却难以跨过命定的情分，比如同学。"少年见青春，万物皆妩媚"，我们却没有赶上王安石理想中的黄金时代，清汤寡水，清心寡欲，而我们这一代的父母，吃不太饱，穿不太暖，亏损复亏欠。于是，立业了，成家了，便在精神上找实惠。孩子是父母最大的寄托，吕氏父母分别赐予三个女儿以芳、以霞、以华。芳香四溢的芳，霞光万道的霞，华盖大运的华。而个中艳字，一如牡丹、蔷薇、玫瑰……

"天空不留下鸟的痕迹，但我已飞过"。生活中，我是不大习惯叫谁姐姐或妹妹的。与霞姐同学时，正值少年。40年前的少男少女，不比电影《致我们终将逝去的青春》的各色人等，彼此虚文浮礼抑或月明星稀，没有故事没有酒。

人生几何，转眼已近耳顺。她以霞姐自居，想必曾经沧海了。无论如何，我尊重她的主张，会一直叫她霞姐的。不过，仅仅限于微信哈！

不是狗而是人

　　人和狗，两码子事，本不该混为一谈。都在地球上谋生，各活各的命，挺好。事实上呢？人狗分不开。狗喜不喜欢人？无法定论，应该是喜欢的。不然，跟人相伴随，狗怎么会极尽其能事，殷勤地用吠叫语言讨爱、用肢体语言乞怜。

　　喜欢狗的人，如雨后春笋，好形势？

　　动物类，我比较赞赏狗。狗的行为，狗的道义（姑且用道义一词），不知感动过多少人，征服过多少人。美国经典影片《神犬巴迪》，引观众心潮逐浪。其情节大致是：男孩乔治的父亲在一次试飞中身亡，使这个爱打篮球的乔治变得内向寡言，经常被同学嘲讽和取笑。搬家途中他遇上金毛犬巴迪，它刚刚摆脱主人的虐待。乔治回家，在后院篮球场上打球的时候再次遇见巴迪，并发现巴迪也爱玩球。于是他将巴迪带回家，开始了新的生活。他的性格也发生了转变。偶然的一次交谈中，他居然发现身边的清扫工黑人大叔曾经是著名的球星阿瑟。阿瑟使他的球技蒸蒸日上，并教会了他很多做人的道理。在一次比赛中,巴迪的前主人在电视上看到这只会打篮球的狗原来是他的,前往领取。乔治把巴迪救回以后将它放生到荒岛上,防止前主人再次寻找到它。由于失去了巴迪,乔治在比赛中节节失利,后来巴迪意外出场使全队取得胜利。最后巴迪被法官公正地判给了乔治,这对好友从此形影不离……我看到这个梗概,心口就有些堵得慌。我更知道,在传说中抑或在现实中,比艺术产品更离奇、更泪奔的人狗故事太多太多,不废话了。

由巴迪联想到泰迪,以及金毛、柴犬、吉娃娃、萨摩耶犬、边境牧羊犬、德国牧羊犬、拉布拉多犬、西伯利亚雪橇犬。狗世界色彩缤纷,英雄美女,妙趣横生。在得失之余,人难免无聊,跟膝下的宠物做做游戏,看上去也挺沉醉的。有微信晒出一组"美拍",主人向一只高冷的柴犬百般献媚,只索一吻,狗却异常骄慢,硬生生地拒绝,让游戏落得空空一场梦。

赞赏归赞赏,我不养狗,便也无从抵达那种"沉醉"的境界及奥秘。

反而有些遭罪!

人对人的失望,往往推到狗身上,从头到尾,从皮毛到气体再到液体。还不够,最终斥之为连狗都不如。戚戚然,狗也无辜,它背着一身骂名,做出多少惊天地、泣鬼神的义举?所以,人日益喜欢狗,并且喜欢拿狗说事,寻开心,用狗练绕口令——出门看见人咬狗,拿起狗来打石头,石头把狗咬一口。绕来绕去,绕不开狗咬人,天然的狗性。

不是吗?电影里的狗和图片上的狗,可爱又可敬,都在远处。倘若一只或几只狗在身边蹿来蹿去,并且眨动着眼睛、伸出了舌头，除去狗主人，谁还能气定神闲？即便经验丰富的我装作从容不迫的模样，腿肚子也早转筋了。

作为亲历者，一言实在难尽。小区之初，宛如仙境。渐渐地，菜园贴紧了院墙，垃圾占满了角落，车位取代了花坛，原本有限的空场尤显逼仄。人是能将就的，狗却不管不顾，聚会一般三三两两地蹲在人必经之路的道口那儿瞭望，放纵着声色。想过路吗？只好瞅准机会，惴惴然前行。狗主人悉收眼底，脱口来一句："走吧，没事，我家狗不咬人！"狗都不信，何况怕狗之人。那边，狗主人白了白眼，遂搂狗儿子、狗闺女于怀里安抚。出入小区的业主匆匆闪过，浮一身虚汗，自己去料理吧。甚而有时，狗主人只管笑，只管叫两声狗，吵起架来高八度音。凶巴巴的狗，粗粗地喘着气，助威似的。

老话讲，狗仗人势。世道反过来了，人仗狗势。

狗是好狗，非亲非故的，谁养跟谁，跟谁像谁。不过，好狗赖狗，早就不拿耗子了，吃好喝好玩好乐好，不失时机撒撒娇、献献媚，才叫本事哟！

那么，怎样照料狗？管理狗？主人权力大大，经验多多，他人皆为门外汉，无须建言献策。避免不了的是，门外汉需要走路，走自己的路，请狗主人切切掌控职责。简单，不撒手呗！狗一旦挣脱而咬伤了人，纯属于意外，法律上"依据"断案。狗是你的，情怀也是你的，在家里咋做都好，出来放风给大家行个方便，哪怕"狗"视眈眈，路人毕竟相对放心。放心地走路，乃公民出发点和立足点。同一个小区住着，低头不见抬头见，心怀慈悲，仅此而已吧？

　　如果我居住深宅大院，抑或绿树红花的别墅，也会像前辈黄永玉那样养几只大狗，狗们上蹿下跳，陪主人度日月星辰。既安全，又享福，何其妙哉！回望前尘古世，人对狗的感情，真是缱绻悠悠，呼之欲出。"水流曲曲树重重，树里春山一两峰。茅屋深藏人不见，数声鸡犬夕阳中""日暮苍山远，天寒白屋贫。柴门闻犬吠，风雪夜归人"。瞧瞧，从前的狗，没有嫌弃主人的，只会给主人以诸多抚慰。我也担忧，当今的狗被主人如此这般地护着、惯着、宠着，反而有一天要弃主人而去，怕就怕不单单是上演索吻不给的一幕幕戏了。狗是狗非，狗主人说也白说。苏氏东坡倾情于自己的人生晚景：老夫聊发少年狂，左牵黄，右擎苍……

　　人通狗性，狗一定通人性吗？我虽然不希望在居民小区遇见狗，但遇见了尽量相安无事。我妻属狗，却对狗怵得要命。天生的，没辙了。

美 女

江山代有才人出，其实也是代有美人出。美人，作用非凡。瞭望江山社稷，凝视蚁蝶草木，都映衬着美人的笑与泪。倘若低估了美人，无异于低估了历史。

跟英雄一样，美人始终属于模糊学。古时候的美人，无从描述，谨以闭月、羞花、沉鱼、落雁笼而统之。沧桑流转到今天，尽管模糊依旧，已经放开许多，并且加进了身材和风情，未必貂蝉、杨玉环、西施、王昭君之貌，只要看上去很美，就是美人了。

当下，叫美女。

不叫美女叫什么呀？曾几何时，曾经叫过小姐的。叫着叫着，叫出了风尘味儿，再叫就得挨巴掌了。更不能叫雏鬟、妍姝、姝丽、妖娆、夭秾、蛾眉吧？没准厉色冷眼剜你一块肉下来。古今通用的倒也不少，敢直呼佳丽、粉黛、红袖、红粉佳人吗？有没有搞错？最方便的，自然是美女，叫起来顺口，听起来顺心，于是美女便叫得广泛了，呈燎原之势。实际上，美女乃为复古的称谓。《墨子》有："譬若美女，处而不出，人争求之。"《史记》也有："美女者，恶女之仇。岂不然哉！"

如果胸怀祖国、放眼世界，近近复远远，到处都是美女，能被我列出名单的实在是亿分之一。看美女方面，我是个目光短浅的人，有感觉的美女无非是林青霞、张曼玉、巩俐、范冰冰、林志玲、全智贤、莉莉·兰特里、玛莉莲·梦露、索菲亚·罗兰、凯瑟琳·赫本、凯特·温斯莱特、安妮·海瑟薇等。幸好，我通过影视片和娱乐节目欣赏到了她们容貌的美丽。还有"世界小姐"选美大赛中公推出来的一个又一个美女，不仅令人眼馋，而且令人心动。对，怦然心动。但心动不是行动，行动也没什么意义。

我虽然与美女无缘，却有期望，哪怕隔山隔水的期望。微信上说："一个男人的精神深度决定了一个男人的品级，而一个男人品级的高低决定着一个男人能走多远。"美女亦不例外，当美女成为资深美女的时候，我的期望则显得重要了。她们都是曾经的美女抑或花好月圆的美女，与其给世界一份青春的美丽，不如给岁月一份生命的美丽。大师王国维的提示更加诚恳："最是人间留不住，朱颜辞镜花辞树。"

然而，还是不能低估美女的作用。大千世界里，美女即便打不下江山，也坐得了天下。看吧，遍天下的形形色色的美女用智慧和力量服务于社会，像主宰生活一样主宰幸福，像主宰幸福一样主宰生活。没有美女行吗？

趋美避丑是男人的天性，无疑也是我的天性。擦肩而过，惊鸿一瞥，多么激动人心！可惜，我不是皇帝李煜，不是少帅汉卿。

美女无定义。年轻的女性，对着镜子看，都比自己美。镜子之外，依然。一则小幽默——

女A：每次买东西我都觉得那些服务员在骗我，只有她们开场白是真的。

女B：说什么了？

女A：美女啊。我就觉得这一句是真的。

女A乐观得可爱，减压吧？我妻子经常逛街，她在问路问价时，习惯叫人家美女，实则是一种体贴。哪来的美女呢？够得上"绝世而独立"吗？够得上"一顾倾人城，再顾倾人国"吗？马虎着去，马虎着来，马马虎虎，不碰壁。

抛开那些肤浅的角色，我很愿意与美女相契、相伴、相沟通。年少时用眼神，年轻时用心思，一律形而上。美女在身边，可以共享，却要找窍门儿。记得在大学的舞会上，音乐响起，蠢蠢欲动，我不直接去邀美女，专挑平平相貌、默默无闻者下手，几曲下来，美女们争先恐后，迂回战术得逞。我庆幸自己的避实就虚，轻轻曼曼，飘飘悠悠，心花一时怒放了……

从前也霸道，总是擅自把身边的女性分成美丑阵营，有时竟脱口而出。化妆术普及之后，"东施"尽可以化出"西施"，美女不是如云，而是如海喽！

那么，谁不是美女呢？

都是美女。网上的五大美女类型：艳丽的，俊秀的，成熟的，古典的，可爱的。只要不自暴自弃，只要不坐以待毙，均可寻个归属。也必须承认，美女是有年龄段的，所谓："十多岁看脸，二十多岁看胸，三十多岁看臀。"我的补充是："四十多岁看形，五十多岁看气，六十多岁看神。"到了耄耋之年，美女仍有榜样啊，譬如秦怡及谢芳。

一个时代有一个时代的美女，进一步说，一个时期有一个时期的美女。环肥燕瘦，注定跟世道有关。虚无吗？不。具体到人头上，落花未必有意，流水未必无情……

枣生桂子

大枣、花生、桂圆、莲子，都是好食品。得寸进尺呗，倘若这四种食品恰巧有序地排列在一起，则凑成了国人最形象、最纯真的祝愿：枣（早）生桂（贵）子！

这么好的事情，如今落在了女儿的头上。

父亲说，女儿是长不大的，永远也长不大。尽管她读了小学读中学，读了中学读大学，读了本科读硕士，读了硕士读社会，我觉得她始终是我身后的一只兔子。我走到哪里她就蹦到哪里，她是一只兴高采烈的兔子。前年吧？她领了男友回家，我就当她领了另一只兔子回家。后来，她嫁给男友，我就当她嫁给另一只兔子。小兔乖乖，把门打开。哦！打开的，则是一扇生活的大门。

其实，女儿不小了，30岁的她，业也立了，家也成了，当务之急便是该要个孩子了。她急不急呢？我不知道。第一次出现迹象时，我似乎比她还惊喜；而那个迹象化作乌有，我似乎比她还难过。然而，我尽量控制不在女儿面前表露我的惊喜与难过，我更愿意她自己把一切视为风来云去。我是她的父亲，而只有做父亲的人才格外期望，女儿的爱情后面要跟上婚姻，婚姻的后面要跟上家庭。生一个孩子，这个家庭便完整了。不是吗？从家庭的角度看，完整距离完美最近，我多么期望女儿一切完美啊！

这一次，经过医生诊断，女儿怀孕了。不就是怀孕吗？有什么稀奇？我却认定女儿生命中神来相助，全世界保佑。所以，她呕吐也好，撒娇耍横也好，都是一种幸福的传达。她很小的时候，随我吃喝玩乐，上下里外满满的幸福。幸福是说不出口的，只能看样子。看幸福的样子，自己也置身其中了。

先是为人妻，又将为人母，人生一个个台阶在心头，在脚下。我想提示她，生产是一场革命，革命需要付出代价。不仅仅是体形，不仅仅是面庞，还有无止休的牵挂、担心、忧虑、伤痛，包括失眠。眼下呢，抛开父亲这个莫可替代的角色，我退回到同事和朋友的阵容，郑重地向她道一声喜：早生贵子。

早生贵子，既是婚礼庆典的华彩高潮，也是二人世界的完美收尾。

女儿怀孕这几个月中，我充分地被她利用及使用。她要吃水果，我就会买来高档的草莓、蓝莓、樱桃；她要吃干果，我就会买来高价的栗子、松子、核桃。而且，我必须及时地洗净或剥开，亲自送到她的手上。她高兴了，我陪她打打扑克，一种干瞪眼的游戏经常让我"干瞪眼"；她没精神了，则让我一边待着去，别磨叽。我是她的父亲啊，深深浅浅惯了，或许只有她声情并茂地跟我放赖时，方可找回我做父亲的感觉。要什么尊严呢？尤其是在女儿生命的特殊阶段。

平常的日子，她也是想亲近我则亲近我，想疏远我则疏远我。想来想去，她有这个特权。而有时，她只不过是错误地"施展"了这个特权而已。其实，父亲很像是在坐过山车，忽高忽低，忽冷忽热，揪着一颗心，一颗脆弱的、逐渐衰老的心。不管怎样，我死死地抓住做父亲的责任和义务，大事她请示，小事她做主。

也未必，生孩子是女儿的头等大事，我却俯首帖耳地听命于她。她说生产时，要找最佳医院，我说行；她说生产后，要找月子中心，我说行。她说孩子小，我只管接送、不管教学，我说行。她认准了自己的理儿，我虽然会尽心尽力，但发音不准，孩子到头来一口东北话，怎么"扫"天下？

人逢喜事，自然笑逐颜开。那么，女儿准备好了吗？我总以为她还是个孩子呢！据说，女人做母亲之后，无师自通，一下子全成熟起来，天大的美事。记得她高考前夕，感冒并高烧，一声声咳，疼在我的心上。鬼使神差吧？我劈头盖脸地冲着她发疯：谁叫你得病的？凭什么呀？你凭什么在这个节骨眼儿上得病啊？女儿回我的是一脸委屈，晶莹的泪花，默默地闪烁。光阴荏苒，时不待人，现在轮到她了。那么，她究竟知不知道，孩子来到这个世界上，首要的是"迎接一场盛大的人间烟火"？

闲聊时，女儿曾经问我："喜欢男孩还是女孩？"隔辈的人，是孙仲谋或是花木兰，无所谓。见她认真的样子，我调侃道："男孩好，男孩大了可以替姥爷扛大米；女孩好，女孩大了能够带姥爷逛公园……"女儿不甘休，非让我给外孙起个名字。我琢磨了半天，琢磨不出来。往昔中，我已经把"梦想"托付孩子了，总不至于把"现实"托付孩子的孩子吧？名字太深重了，那是父母的心！

　　顺便说一句，我见过许多母亲，提及孩子便忍不住泪汪汪的，孩子得病了要哭，孩子受气了要哭，孩子学习下滑了要哭，孩子买房贷款了要哭，孩子工作在美国、英国、澳大利亚要哭，没有个头儿。家里家外，女人一生的路长着呢，不容易，慢慢走。

玫 瑰 泣

好花，是有神力的。譬如玫瑰，每每提及它，总会使人眼前一亮。百花中，玫瑰与人至亲，或曰人与玫瑰至亲，近乎妙不可言。

玫瑰娇艳，极易被人寄情，突出的是爱。事实上，与玫瑰有关的故事往往围绕着爱情起伏跌宕，儿女情长、英雄气短，悲剧喜剧顺命运，冷意暖意遂玫瑰。从相知到相许，玫瑰经常性地不失时机地担当重任。成全人，零落己，这是玫瑰的气度，一种舍生取义的气度。

2017 年 3 月 8 日，早晨，单位门岗演起了电影。不，是电影中的一组镜头：迎宾小姐正在笑盈盈地派送上班的女士一人一枝玫瑰。

哦，"三八"节啦！

而前脚后脚的少男、壮男和老男，只好灰溜溜地穿过。我不甘心，踅身回来，向笑盈盈的小姐要了一枝。片刻的意识及举动，滑稽有余，理由不足。小姐竟然十分妩媚，并且机灵，递上来一枝，由衷地祝福："送给嫂子吧，老师快乐。"

"谢谢哈！"其实，心里话是另外的8个字："赠人玫瑰，手有余香。"

进入办公室，直接插到笔筒里。难得糊涂，要来的玫瑰，送谁不是找骂？读报纸的当口儿，有女作者来访，目光依依地停留在玫瑰上，我便不自在了。为什么呀？我凭什么不自在呀？好吧，谈稿子，谈完稿子该走人了，作者偏不，目光再次缠住了玫瑰。这下，我心虚了，兴许未及脸红。鬼使神差，心虚什么呀？我凭什么心虚呀？

中年男人，面对一枝玫瑰，很容易心虚。

那首《羞答答的玫瑰静悄悄地开》，我听了许多年，每次浮现在脑海中的都是孟庭苇而不是玫瑰。她的干净，她的灵秀，远远地胜于羞答答的玫瑰，是台湾的玫瑰。

比孟庭苇还要迷人的，只有姚莉了。我对姚莉一知半解，估计当下之人对姚莉多为一知半解，甚至一无所知。不过，姚莉首唱的《玫瑰啊玫瑰》，大家不至于陌生："玫瑰玫瑰最娇美，玫瑰玫瑰最艳丽。长夏开在枝头上，玫瑰玫瑰我爱你……""玫瑰玫瑰情意重，玫瑰玫瑰情意浓。长夏开在荆棘里，玫瑰玫瑰我爱你……"老上海的靡靡之音，浮浮荡荡、迷迷离离，听得人心醉，听得人骨质疏松。

梦一样，人也随着玫瑰悠悠地去了。

前年的隆冬时节，我从冰封雪飘的长春来到风香日暖的三亚，有幸游览了一望无际的玫瑰园。形形色色的玫瑰花，娇艳欲滴，美不胜收。红、蓝、白、黑、黄、紫、粉、橙……特别是那种叫作"蓝色妖姬"的姿容，出乎类，拔乎萃，何止大开眼界？简直摇荡心旌！然而，人为的因素过重，可赞转化成可叹，乃至可疑。

玫瑰园勾起了怀想，形形色色的爱情。

张爱玲一生凄凉，爱情尤其凄婉与凄厉。故此，她的笔下是这样的文字——娶了红玫瑰，久而久之，红玫瑰就变成了墙上的一抹蚊子血，白玫瑰还是"床前明月光"；娶了白玫瑰，白玫瑰就是衣服上的一粒饭渣子，红的还是心口上的一颗朱砂痣。

在我的爱情历程中，风也风了，花也花了，雪也雪了，月也月了，没纠结过玫瑰。我喜欢的女性，在身边、在心头，受委屈和冷落的独剩玫瑰。许多人比我浪漫，一遇见爱情，就派出玫瑰，9999朵玫瑰倾情奉献。我没有实践，据说甜蜜且滋润，暗自向往，大势已去。或许，33朵可以试探，"三生三世，十里桃花"嘛！

玫瑰花语是：我爱你。人，爱的却是玫瑰对应的那个自己及知己。

尽管玫瑰抚慰灵魂，刺一下也疼，隐隐地疼。所以，泰戈尔提示："让睁眼看着玫瑰的人，也看看它的刺。"

我爱玫瑰，爱到情怀深处，从未卖弄。细细想过的，我爱玫瑰的什么呢？真的说不具体。红有红的热情，蓝有蓝的善良，白有白的纯洁，黑有黑的沉郁，黄有黄的欢乐，紫有紫的忧伤，粉有粉的感动，橙有橙的羞怯……

总之，我一时喜欢什么样的自己，则一时喜欢什么样的花色。

思及至此，我再次心虚了。

上一次心虚，我把玫瑰从笔筒抽出，又插入窗台的花盆。两三天的光景吧？凑过去注视，已经枯萎，可怜兮兮，一副抽泣的样子。我安慰自己说，花开花谢，春去春又回。其实，我心底里的遗憾是，花谢花开，昨是而今非，何其相似乃尔。

遗憾为谁？但愿，不为谁。

乐观的想头，则与春光有关了。有言道：春光，怎么重复都美好。

爱情活在春光里……

草莓偶寄

一

身外之物，浩繁如星，那些支撑（或滋养）人体的东西被叫作食品。食品中，水果愈发走红。没错的，生命离不开水、离不开果，水果的意义可想而知。

最先认识的水果是什么？已经无从追忆了。香蕉苹果大鸭梨，小孩看着干着急——我学语时期总要实战演习。儿歌里没提草莓，想必草莓在后了。后来者居上，悠悠草莓，闪亮了我记忆的荧屏。有草莓在，水果们纷纷失色，而草莓独自红艳。

这么一"艳"，遮去了"百丑"。

草莓的先天遗憾，明摆着呢！凝神细瞧，形象够放纵，凸凸凹凹；面相够局促，斑斑点点。一搭眼，好漂亮哟，好迷人哟，其实完全是彩妆成就了它的美感。天下水果，草莓光芒四射，因为艳。若是去"艳"存真，它分明丑娃一个。古今说诗唱词，多把好看的脸庞比作苹果，以弥补大众审美。倘若比作草莓，这脸庞……还有得欣赏吗?

草莓一样的女性,倒也随处遇见。娇羞,甜润,灵慧,迷你型。相识进而相知,相知进而相许,相许进而相守,便是福气氤氲。常言道:英雄难过美人关。恋恋红尘,倩影芳心,过什么关啊?听天由命好了。

先贤李渔对木本、藤本、草本植物颇多研究,尤其强调"海棠有色而无香"。想他撰写《闲情偶寄》之前,应该是没见过草莓。不然,他一定会移情于"草莓有色而无香"。远远地,闻香识果园,见一个,是一个。草莓天性低调,只有放身于草莓左右,果香隐隐,也多半是想象出来的味道。进一步,采摘入口,齿甜唇润,才会由衷地赞一句"稀世佳品耳"!

稀世吗?不稀世了,却是绝对的佳品。芸芸众生,草莓不称冠,不霸王,任何一种场合,只要红艳艳的出现,注定会扰乱人的视线和怀想,比如我。多少年里,在超市或街头摊床,总是绕不过草莓,买与不买,则为另外一码事。急火攻心,吃点儿草莓败败火,欣欣然,身体舒爽多了。那年12月的一个午后,我在三亚南端的水果基地品尝木瓜、杧果、莲雾、释迦等热带水果,忽然瞥见亲切的草莓,便忍不住丢一个在嘴里。哦,魂兮归来!

作为个体的水果,除了草莓,还没有哪一种让我如此痴醉,以至心心念念。我有兴致时,会把洗好的草莓一只只摆正坐稳,幻化成活灵活现的音符,飘逸出一曲曼妙的旋律去接近爱情。草莓啊草莓,像我关注和热爱的女性!

那么,滚滚红尘,草莓有心思吗?种植草莓的人一定有,采摘草莓的人也一定有。

二

草莓令我垂情，殷殷地。我确定，水果中首选草莓。假借诗的表达句式，即：远处是梦想，近处是草莓。

"妙龄十八"的感觉，永远，永永远远。个中的玄机，看不破，说不破。

我虽然有些伤春悲秋，在鲜艳欲滴的草莓面前，还是不想太拽（zhuǎi）的，拽来拽去，终究拽成个虚空。从土地里拱出秧苗来，从枝柯中闪出果实来，草莓只给真相，不给幻象。冲着草莓慨青春易逝、叹人生易老，过于文艺了。草莓不是水和月亮，它承载不起。

水果族类，五彩缤纷，倘有机会"秀美"，我给草莓投上一票。

草莓当之无愧！

它是美女吗？不，比美女亲切。秀色可餐我可以不餐，眼见当红的草莓，我不动嘴巴也动心思，禁不住，没出息是吧？

秀外并且慧中。

那些壳坚皮韧的水果，不怎么担心磕碰的，诸如桂圆、荔枝、菠萝、火龙果，有时还想磕碰左邻右舍呢！草莓守规矩，寄希望于"人不犯我"，却经常落得个遍体鳞伤。草莓一有伤，放哪里都蔫，理亏似的蔫。

草莓固本色，学习人类之优长。它光明磊落，大道至简，宁肯红颜薄命。众多的水果，肉烂了，心黑了，强装一副赤诚。草莓出了问题，"泪痕红浥鲛绡透"，绝不玩那种内疚的把戏。它好就是好，熠熠烁烁的红光，样貌、营养、口感集于一身，俘获着草民的心魂，蠢蠢欲动。这时候，掩饰或控制已经显得愚顽了。吃还是不吃？它考验的是理智，不是牙齿。且慢，稍不留神，便很容易醉倒在意犹未尽的贪欲里。草莓依旧在，世界已空茫。

三

人喜欢苹果，喻其平安；人喜欢桃子，喻其长寿；人喜欢石榴，喻其多子；人喜欢葡萄，喻其甜蜜。"天意怜幽草"，而非草莓。词典上阐释：多年生草本植物，匍匐茎，叶子有长柄，花白色。花托红色，肉质，多汁，味道酸甜，供食用。

如此而已，似乎无所寄意。

与草莓相比，人多了八疵，谓之摠、佞、谄、谀、谗、贼、愿、险。俗世里的草莓，我却难免高看一眼。高看它什么呢？或许是那种羞涩，那种内敛的羞涩。人知羞涩，八疵还会剩下什么？还能剩下多少？

草莓，天生一个惹人生情的水果，那么娇嫩，那么艳丽，那么楚楚动人。我也奇怪了，入诗入画的水果俯拾即是，怎么那么难以觅到草莓的踪影？我的心，怯怯的，一如草莓。漫漫岁月里，是姿容命运的不济？还是骚人墨客的失情？

"一骑红尘妃子笑，无人知是荔枝来"。同样是水果，差哪儿了呢？草莓呼唤当代的"杜牧"。

幸好草莓不气馁，不苟且。

彼此之间，不以大为尊，不以小为卑。所谓大小天定，尊卑已定。多少年来，我对草莓的情怀欲诉难诉，草莓绝不希望看到人类的草率，尤其草昧。

草民的觉醒倒是来得及时。近两三年，草莓显然是走红运了，红红的运。不仅抢眼，而且抢手，跟我一样喜欢草莓的人逐渐水涨船高。审时度势的果农果商，出奇制胜，好戏连连。对此，我表示欢迎，也保持警惕。譬如牛奶草莓，是土地灌溉了牛奶？还是牛奶注入了果实？弄不出个名堂。

常常是，洗净的草莓，红红的，艳艳的，拿在手上端详，迟迟不肯入口，欺负它似的。

女儿的女儿

对，女儿的女儿，当叫她外孙女。换言之，她应叫我姥爷。她不叫，一旦生发诉求，要么向我挤挤眼，要么冲我努努嘴。我呢，俯首帖耳，心里高兴着，甘愿为了她鞠躬尽瘁。

不是她矜持，而是我矫情。

目前，在这个地球上，七十几亿人口，只有外孙女用表情和声调跟我说话。未满 15 个月，除了片段的、囫囵的"妈妈、爸爸"之外，也算是她能够显示出来的最为亲近的态度了。我对她七分呵护、八分娇宠、九分殷勤，连女儿都被深深地感动着。忽一日，女儿冒出一句话："老爸，你是爱她多一些还是爱我多一些啊？"

外孙女名曰许意澄，我却习惯叫她小橙子，顶多去掉一个小字。女儿叫自己的女儿，花样翻新，层出不穷，小橙子倒也招架得住。有些日子里，女儿叫她小凯，嘤嘤声来，嘤嘤声去，来去中水乳交融。字里刨食的姥爷终于明白：凯，声母和韵母一拼，是可爱！

确实，小橙子确实可爱。

从月子中心抱回，直接入住我家。三个月、五个月、八个月……一天天长、一天天大，一天天有模有样了。长大的过程，占尽春光。劳累吗？劳累！辛苦吗？辛苦！最劳累、最辛苦当然不是我，我仅仅履行着临时保姆的职责。现在，她随爸爸妈妈生活在自己的家里，听她的哭声少了，看她的笑容多了，愈加感受到什么是天伦之乐。

带小橙子出去玩儿，遇到小朋友们，她很快便融入其中。这一点，随她的妈妈。她妈妈还是小小孩的时候，我经常带女儿四处玩儿，女儿的融合力超乎寻常。小橙子跟伙伴打成一片了，我欣欣然一旁观看。何止是看，还暗暗比较，结果往往是她略胜一筹。以其之长，比人之短，则比出了她的白、她的灵、她的好。

才不叫她萌娃呢，才不叫她酷孩呢，我就叫她小橙子。小橙子多玲珑啊，小橙子多智慧啊，我知道这纯属于我的自以为是或自作多情，请允许我自豪。当然，也不是无端自豪的，得闲的时候，我就给她背诗、读儿歌、讲童话故事。明知道她听不懂，甚至听不进去，终归我一厢情愿。其实，我就是让她听听节奏、听听韵律。我有我的出发点，管它饶不饶舌。什么"白日依山尽"呀，什么"煮豆燃豆萁"呀，什么"驿外断桥边，寂寞开无主。已是黄昏独自愁，更著风和雨"呀，好不好听？小橙子用鼻子极有力地回答我：嗯！

兴趣盎然了，还会右手抱着她，左手托起她的右手，边哼《小白船》《友谊地久天长》，边跳轻盈的三步四步。我凝神盯她，她昂首望月，一副优雅的神态。小橙子礼尚往来，反而给我无尽的快活和无穷的抚慰。譬如，给姥爷刮胡子，我把脸一侧，她嫩嫩的小手就在我的下巴上拂来荡去，如春风拂荡。

在我的眼里，小橙子样样都好。初做姥爷的人，列位是不是觉得外孙女样样都好？抑制不住的好，体现在小橙子身上便是抬衣服。人在衣服马在鞍。不不，小橙子轻而易举把这个民间说法颠覆了，她穿啥衣服，啥衣服好看。好看时，我总是忍不住推此及彼地发挥，气质比装饰重要，人格比知识重要。小橙子，眯眯笑，拿着钥匙摇啊摇，才不听我嘟囔呢！

世界之大，却不在小橙子话下。她好奇地瞧着，企图把世界都化作奶豆、水果和饭菜，一点一点咀嚼与品尝。那么，世界是个什么味道？甜甜的？香香的？反正不中意，她就推置一边，或者紧闭双唇。小橙子，小筋骨，大世界又奈她何？

夏也夏了，秋也秋了，冬也冬了，春也春了，小橙子度过了一个完整的周年。其间，我一桩桩夙愿被扯成一片片飞絮，落尽过往的日子，免不了烦躁。然而，女儿是屋，女儿的女儿是屋檐上的乌。当我把小橙子抱在怀里时，由着她咿呀，由着她灿烂，一切便山高水远了。

最近读到一本书，是蔡澜的《愿你成为最好的女子》，篇篇诚心，句句诚恳，我却不以为然。一个人一种活法，何谓"最好"？我女儿千好万好，我以为天真最好。可是，她的大学老师委婉中点拨道："女孩子要天真，也不要天真。"老师的话，像子弹一样击中了我。岁月里慢慢康复，直到今天。所以，愿只愿小橙子博识、善良和高贵，走出适宜自己的大道。眼下，她要学会做小花、小草、小河、小鱼、小树、小鸟的小朋友，快活着，幸福着。

经历了大半生的风霜雨雪，我已经皮实了，皮实得近乎麻木。剩余的怕，逐渐聚向小橙子，怕她饿，怕她渴，怕她发烧，怕她闪失。幸好，小橙子懂我，体谅我，一见我先笑。

由她及我，及世界，一笑千金哩！

小 生 命

　　大千世界里，还有谁可以像小橙子这般洒脱和超拔？我不知道。我在品读的时候，她回赠我的基本上是三种状态：吃，睡，哭。

　　小橙子重情，只吃母乳。换言之，她只认母亲，连父亲也不认。父亲付出的苦昼苦夜，包括爷爷奶奶姥爷姥姥付出的苦心苦意，都不在话下。幸好，母亲奶水够足，小橙子便也足够。

　　吃饱了玩儿吗？不，吃饱了睡。小橙子睡觉，花样翻新。仰身、侧身和卧身，似动又静，似静又动。动的是肚子，一起一伏，起起伏伏，好像在用肚子呼吸。而有时，兴之所至，她竟会双臂举过头顶，仿佛表演节目。我试着猜想她，是向这个世界示威？还是向这个世界告饶？

　　小橙子极其会哭，哭得妙，往往哭在一觉醒来。她一哭，必定把母亲拽过去。母亲容得了天下，却容不得女儿的哭。人说，哭可能是另一种笑，别太哄着。母亲不相信，全心全意哄，直哄到悄无声息。此时，小橙子睁开眼睛，打量着陌生的周围及面孔。

自从有了宝宝，条理至上的母亲骤然乱了秩序。头发是散乱的，手脚是慌乱的，连目光也是混乱的。唯一不乱的，是呕心沥血的育儿方略。清早、中午、傍晚、子夜，心思宛若丁香，一瓣一瓣地飘入"小时光"，时而图片，时而文字，再配以轻悠悠的背景音乐，妙不可言。快乐与幸福，云里雾里，不过如此吧？

细琢磨，小橙子吃的时间和哭的时间累加在一起，也不抵睡的时间，甚至不抵睡时的零头儿。她要做个乖宝宝吗？乖是乖了，乖得大人心里没底。惶惑之中，免不了碰她。一碰，醒了，咧咧地哭。能够止住哭的，唯有呼之即来的母乳。

哦，至纯至简，一心只为长大。长大做什么呢？观古今？抚四海？由着她去啊！此刻，只有一句经验之谈送上：岁月静好。

这个小生命啊，干干净净，在婴儿床里烁烁地闪耀。一代代满怀憧憬的人，亮亮晶晶，闪耀在"宇宙的摇篮里"。

幼小幼小，人能幼到多小？长大长大，人要长到多大？

今天是小橙子诞生的第 19 个日子，细皮嫩肉的她已经会摇动手臂了。左摇右摇，摇得我心花怒放。可惜，面对她，我总是慌慌的，心慌手也慌。何等愚笨，除了长久地注视，我还找不出更好的方式给予她爱，给予她祝福。

小生命，突出一个小字；人越小，空间越大，方向越多。母亲是她的天空，父亲是她的土地。女儿是种子，她愿意长成花草树木，或者愿意长成日月星辰，那是她与生俱来的权利。兴许，山一程，水一程，她就慢慢地飞起来了呢！

　　每个生命都是神圣的，即使小，即使小而又小。何况，她是我的亲人，隔辈的亲人。

婴 儿 泪

　　此刻，身边睡着天使，恬恬静静，我叫她小生命。天使的眼泪，刚刚被我收走，脸庞显现出那种心满意足的恬静。小生命，小到婴儿的生命。婴儿，辞书上界定，不满一周岁。

　　小小角色，嘤鸣其声。未冒话儿之前，婴儿矣，我不依赖辞书。

　　图彩世界里，人海啊茫茫啊，她急着冒出什么话？按常理出牌，应该爸爸、妈妈、爷爷、奶奶、姥姥、姥爷一一吐露，我列在队伍尾端。队尾的我，不泄气，只要得寸，便会进尺，兴许会发生奇迹。人之初，小生命倒是时常向我示好。示好有什么用？我以为我跟她亲密无间了，我以为我是她的队首了。梦醒过后，远不如一首《海草舞》的吸引。她不仅回应以笑，还回应以手舞，还回应以足蹈，回应以一个婴儿的全部欢喜……

　　咿呀复咿呀的日子，小生命欢喜，我往往会趁机给她背诗、讲书、抱着她跳三步四步。过去的几十年，我明里暗里吃了不少数字的苦，特别期望晚辈的晚辈得以哑出数字的甜。所以，即便是给她背诗，也尽量挑选带数字的诗背。比如："一去二三里，烟村四五家。亭台六七座，八九十枝花。"她当然不知道我在叨咕什么，我也没想让她知道。她不烦，我就叨咕。

常常，小生命受不住我的叨咕，瞬间变脸。

开始是干号。我不怕她干号。被我抱在怀里，干号空空洞洞，我有无数个对付干号的办法。不过，她一水哭（泪奔），我就心软了。不，就心疼了。

眼泪令我心疼！莫斯科不相信眼泪，我相信。

古今中外，眼泪是格言，眼泪是警句，眼泪是英雄的欲罢难罢，眼泪是美人的欲诉难诉。岁月悠悠长长，许多的事情，都可以忘却，而眼泪不能，永远也不能够。

眼泪是事情经过的一个个印章。

轮到小生命，便干净，便明亮，了无沧桑。

小生命是不是英雄，是不是美人，那得听从抑或听凭风雨。时下，她不过是个婴儿，婴儿的泪来得急切，去得果断。苦楚吗？不苦楚；悲伤吗？不悲伤。纯粹是委屈，身体的委屈没了，即刻晴朗。倘若赠你个笑脸，无异于艳阳。

偶尔，我不急于拭去她的眼泪，不舍得。白白净净的脸庞，沾上两粒"金豆"，何其迷人！诗一般的浪漫萦绕于耳：婴儿不能没有眼泪，如同花朵不能没有露珠。

在小生命的眼泪里，我读出了什么？

没什么。一切都是虚无的，除去清纯。清纯的诉求，始于眼泪，终于眼泪。

亮晶晶的婴儿泪，一对儿一双儿地，点到为止。你懂了，要她如何她便如何，成全你的美意。婴儿送你眼泪，你仍迟迟不解风情，可别怪她泪雨涟涟了。过分是吧？你的过分在她的前头呢，她这个战术叫先礼后兵。你啊你，愿意丢一街还是愿意丢一城？

当然，我是见好就收！

也曾经执意跟她斗智斗勇，她哭腔我哭调，一浪高过一浪。真假大战，自然是我败下阵来。余外的节目万变没离其宗：我雪中送炭，她锦上添花。不，我那会儿分明是金风，她那会儿分明是玉露，正所谓"金风玉露一相逢，便胜却人间无数"。

且慢，天下哪有这么好、这么美的意境啊？自作多情而已。不过，与小生命相伴，水乳交融，我逐渐掌握了一整套的行之有效的方法，比如以主食、以辅食、以怀抱、以抚触来换取理所当然的安逸，依旧不可避免她的躁动，乃至哭闹。只好放任她哭片刻，放任她闹片刻，而我竟然在她的断断续续的哭闹声中，学会了欣赏她的泪光，弄清她泪光里的诉求……

瞧她那嫩似花蕊的样子，很想教导她：未来不是画报，不是玩具，不是安抚奶嘴，而是春、夏、秋、冬，而是风、雨、雷、电，而是苦、辣、酸、甜。云想衣裳花想容，一笑了之。由着她去吧，从婴儿出发，她的未来她做主，天遂人愿，或许也能够抓起来就往嘴里塞。塞不进去就啃、就舔，就再三再四地啃，就再三再四地舔。

婴儿尤以"食"为天。

从小生命呱呱坠地那一刻算，来这个世界已经八个月零二十四天了。婴儿泪，比英雄泪更清，比美人泪更纯。倾心看婴儿，看什么呢？我看眼泪。

隐 痛

动物有没有隐痛？植物有没有隐痛？不是 它们，欲知难知！

人，是有隐痛的，要么隐于身体，要么隐于灵魂。看完电影《芳华》，仿佛罩在密云冷雨之下，隐痛再次发作，隐隐地痛。自然是，来自片中的人物，来自片中的故事。

一个人痛不算痛，头痛脚痛、腰痛腿痛、牙痛心痛，一阵风过去；一群人足够痛，刘峰、何小萍、萧穗子、林丁丁痛，一场戏过去。要命的是一个年代痛，大痛小痛、长痛短痛、深痛浅痛，一脸痛的导演看到了，摸索的手掌复又缩回。里应外合，既充溢着冯氏辛酸的幽默，又夹带着冯氏幽默的辛酸。

无以对，难为小刚了。

个人的痛，当然服从年代。把痛隐起来，仍旧姹紫嫣红地活着。芸芸众生，一样的。别费太多的心思，听从命运安排及料理。还好，残过了的刘峰和疯过了的何小萍毕竟相知、相伴、相慰，生活给了他们一抹亮色、一丝暖意。

那么，刘峰们呢？何小萍们呢？

全片贯串着伤害、伤悲、伤痕、伤感，一伤到底。伤是一种什么力量，以致伤及了 70 后、80 后、90 后的绝大多数观众。我的意思是说，那些花树般的文工团员，一定要谁伤谁吗？猜想严歌苓旧事重提加上冯小刚的旧事重提，出发点未必在乎"伤"，而在乎"商"。他们"商"讨大计：活着如何是好？好又如何？一部电影而已，对号入座，则没意思了，甚至愚蠢了。

人生里，有一季叫芳华，所谓芬芳年华。且歌且哭且歌哭，亦草亦木亦草木。看得开为妙，看不开呢，掉在水里被搭救，或者奋力爬上岸。

慢说卑鄙抑或高尚，慢说痛心疾首抑或痛定思痛。《芳华》毕竟《芳华》，刘峰一语破的："比起那些倒下的兄弟，我们能说自己活得不好吗？"

隐痛，隐隐的痛。艺术地再现出来，每一个角色，每一个情节，重在受伤疗伤，难免虚幻的影子。

芳华依稀，半是风雨半是情。即便隐着些许的痛，也结痂了。呜呼，何曾离离原上草，怎得一岁一枯荣！

嗑 瓜 子

高高的向日葵，把果实举至极顶，接受阳光的哺育。不错，此乃秋天的景象了，亦即向日葵成熟的景象。

终于低下了头！

再现我眼前的，是满盘的果实。乡下叫毛嗑儿，我做知青时，也随着叫毛嗑儿。客观上，刚刚收割的葵盘，布满由黄转红的花蕊，轻轻地拂去，葵盘呈密集的瓜子阵容，奇妙得抵达艺术了。揪一粒出来，茸茸的，未进口已满心欢喜。

还是叫它瓜子吧。生瓜子叫前世，熟瓜子叫今世。

瓜子才不管什么"前世今世"呢，是我矫情了。

始终整不明白，瓜子的本身，那么平凡，那么渺小，竟然人见人爱。天下水果，天下干果，一个阶段一种心情。唯独瓜子，百吃、千吃、万吃、一辈子吃，不曾（也不会）厌倦。瓜子在眼前，则稳不住神儿了，如同美女在眼前而难以稳住神儿一样。那还矜持啥？抓起来吃呗！

在我，对瓜子，是嗑。

歇后语道得清楚："嗑瓜子嗑出臭虫来，啥仁（人）都有。"瞧着没？人欠骂，瓜子都跟着遭殃，此题另议。仅从条目上追究，嗑字当头。这其中的"嗑"，还是与"吃"有别的。前者务虚，重过程；后者务实，重结果。实践出真知，也曾投机取巧，买过一些袋装的瓜子仁，倒在手心里，可着口"吃"，却不管用，既不怎么顶饿，也不怎么解馋，白白地打了一场又一场歼灭战。

还得是嗑，一粒一粒地嗑。瓜子的酥、脆、香、甜，一嗑即开，嗑出了口感。何止是口感？更嗑出了快活的心情。我对快活的贪婪，充分地体现在嗑瓜子的依依不舍上。往往是，嗑完了洗手，洗完了再嗑。屡止不休，勉强收尾。不知道别人作何感想，适逢热闹的联谊会、联欢会，见桌上摆着各种水果、干果，我总会下意识地先去抓把瓜子，边嗑边琢磨接下来的事情，不可救药似的。倒是妻子经常替我惋惜，穿上皇袍也不像爷。像不像爷咋的？有瓜子嗑挺好。

梨树长梨，杏树长杏，水稻能磨出米，麦子能磨出面，偏偏向日葵长瓜子，农作物本身的禅理机趣，实在是有些意思。从下籽到收秋，从晾晒到干炒，我无数次地动过手，堪称行家。瓜子这玩意儿，仿佛天生就是用来嗑的。过往的岁月里，除了榨油，还没见什么人在它身上做打算，让其发挥更大的作用。即便厂家纷纷在营养上、味道上、包装上不少下功夫，烘烘炒炒，消费者侧重的仍旧是那至简的开心一嗑。

我呢？特别怀念知青生活的细节，晚上去老乡家串门，炕席那头先推过来半笸箩黄烟，我回话不会抽。便又推过来半笸箩瓜子，不能不会嗑吧？于是，嗑着瓜子，拉着闲话，东家长西家短，乐融融的，直到夜风鼓捣窗扇，直到月明星稀一个人走在通向集体户的路上。

我的同时代人，门牙上多半有个豁儿，或曰槽儿。对，嗑瓜子嗑的！嗑瓜子，美美地，芸芸众生最长情的嗜好。男也嗑，女也嗑，老也嗑，少也嗑，跟贫富甚至跟尊卑没关系的。为什么不嗑呢？嗑的是口福之娱，嗑的是生活之乐，插科打诨抑或消愁解闷儿也好啊！我始终没弄明白，影视里或现实中，把瓜子嗑得飞快的角色，难免被轻蔑、被鄙夷。道理何在呀？偶尔会抗议般的想，要是举办一个嗑瓜子大赛，单比速度，谁个能拔取头筹，真真的也不简单哩！

瓜子非糖非盐，之于日常生活，不太逊于任何一种调味品，让一代又一代的人无休止地过瘾。这个瘾，是母亲遗传给我的。口齿留香，心头留念，戒也戒不掉……

微信上，列出12种可能毁容的食物，瓜子跟臭豆腐、味精、咸菜、猪肝、鱼干片、爆米花、油条、咖啡、泡泡糖、加糖鲜榨橙汁、松花蛋一起上榜。科学？伪科学？我当笑话看了。

姑且，再篡改一句笑话：哥嗑的不是瓜子，是文化。

闲文闲品

与景昕谋面的机会逐渐增多，也是近几年的事。他见我时，通常呈现的是一副笑模样，尊我为大师兄。我平日里习惯琢磨人，对于景昕的笑模样，我会下意识地琢磨，有多少真情的或假意的元素。

幸好，景昕经得起琢磨！

回想吉林省散文界，我是再熟悉不过了。尤其是近些年，新人辈出，佳作迭出，令我深感愉快。我愉快什么呢？30年前，我弃诗歌而转投散文，头上星光灿烂，身边灯火阑珊，既兴奋，又孤寂。那时候，是诗歌的天下，是小说的天下，是报告文学的天下；散文呢？没多少人专门侍弄，也不见气象。现在好多了，放眼望去，春光撩人。何止繁荣，还昌盛呢！

景昕的散文在这样的大背景下应运而生，可谓知难而上。一篇篇写，一写则十年有余。当然，他不是来凑散文的热闹，所谓"大家都来擦皮鞋"。他是写评论的，景昕写评论的文字我也零星地读过，才气十足。这次我是比较全面而且认真地读了他的散文，其实在我看来跟所谓的散文名家也相差无几——写人叙事、写景抒情，但是这里有景昕的风格，那是景昕的散文。

通常，我读朋友的散文都不免霸道，更多率性地评判，想说啥就说啥，想怎么说就怎么说，谁让我了解他们的创作底细呢？然而，对于《春秋得闲》，读着读着，我还是被景昕套住了。我在他的套子里，读他的乡情、乡景、乡事、乡人，读他的所思、所想、所念、所悟，像奴婢一样，顺着他来。或许是偏得吧？我居然在他的"低调"中领略了"奢华"，居然在他的"小世界"里领略了"大风光"……

不过，仅仅依靠这种奇迹般的领略，也只是一时慰藉而已。我之所以寄望景昕，并把他的散文一篇一篇细细研究——我差不多已有好些年没有这样认真地读一个人的散文集了，初衷是想要抠出些与众不同的禅理机趣。景昕主业是文艺美学，并且痴迷于鲁迅研究。在读景昕《远逝的老井》《怀念老孟三哥》等诸多篇什时，风雨如磐暗故园，我会情不自禁地联系到鲁迅的《秋夜》《故乡》。鲁迅命笔，旨在"揭出病苦以引起疗救的注意"。景昕呢？因时代而变，因风云而变，即便是"朝花夕拾"，也早已"昨是今非"了。

当下的散文，一场秋雨一层凉。越来越多的人，向文化撒娇，向历史献媚，向哲学讨巧，绕来绕去，把自己绕迷糊了，弄丢了。

学者料理春秋，如何得闲？

在《春秋得闲》里，我恍然大悟。思想之闲、情感之闲、趣味之闲、语言之闲，"闲"出了一片天地，一片散文的天地。其实，景昕很忙，他有那么多的事务性工作，但他忙里偷闲，一直不断地守候着自己的精神家园，这是很难得的。

散文河里无规矩，想怎么划就怎么划，想划向哪里就划向哪里。较比凡人凡文更聪明的是，景昕颇通散文之道，菜肴"咸"中得味道，散文"闲"中见品质。经验告诉我，"闲"近乎"失控"。我不说，他也懂。

我一直期望把散文写好，其实是写不好的。古今中外的散文，哪一篇叫好。没有最好，只有更好。天上的星星，夜空里熠熠烁烁，哪一颗叫亮？叫最亮？芸芸众生，每一个致力于把散文写好的人，男人和女人，努力才可能写得更好。

如果把散文喻成楼房，那么景昕的散文属于框架结构。这种看似简单的建筑方式，其实也挺复杂，复杂在格局、门窗以及装修装饰上。我读景昕的散文，着眼于微观和细节，包括语境，还真是妙不可言！依景昕的性情：不诠释，不破解，不傲慢，不故弄玄虚……

今天，他作闲文，我来闲品。他和我以外的朋友，你呢？

谷老

谷老，谷长春也。

另有一个名字：文子牛。不过，见谷长春的面或者读文子牛的文，我总能够把两个名字融为一体，脱口叫他谷老。他的老，与其说是生活堆积出来的，毋宁说是岁月堆积出来的。生活何止生活？岁月何止岁月？一个人，风雨雷电了84年，起承转合了84年，毕竟含笑而去。

有的说，没的说，依旧叫他谷老。

谷老身后，留下一大片政绩和一大片文绩，包括亲人和友人。有声似无声，无声似有声，牵挂他，纪念他。

认识谷老的时候，他还未老，先是吉林省委宣传部部长，再是吉林省委副书记。他是大官，我是小编，彼此关系是他在台上讲话、我在台下记录。那么，他都讲了些什么，我都记了些什么，回想中已然空蒙。距离产生美，也享受美。我当年，意气风发，无限江山，习惯以一颗文人之心去接近另一颗文人之心。而且，我会下意识地拿他的杂文与鲁迅、邓拓、舒展、严秀、邵燕祥的杂文做比，当然是暗自的。关于谷老的杂文，张未民有专门的评论《辩者无碍》，入丝，入扣，入情，入理，被视为阅读者的探照灯。有兴致的人呢，完全可以找来《知曙集》《杂识拾零》《"书生气"辩》《"成熟"辩》《少见多怪集》等著作研究，廓清思想与思路。值得一提的是那篇《平静地步入老年》，真知灼见，力透纸背。譬如："人走茶凉很正常，不仅凉，你走后还要把你喝剩的茶泼掉，以致把你用过的杯子洗洗干净消消毒，你应该理解。"为此，他还特别补充道："如果你要求人走茶不凉，人家怎么去招待后来的客人呢？"就这样，一个文化老人信笔写来、信口说来，杂亦杂，文亦文，原本是"世事漫随流水，算来一梦浮生"。

任时光消逝，凭笔耕不辍，此乃谷老的真实写照吧。见他常有作品见报见刊，我才壮着胆子约稿，居然屡试不爽。事实上，那些短而精、小而悍的作品，穿云破雾，流光飞霞，引起了好多读者的称赞。在和平年代里，杂文无须是投枪了，无须是匕首了，但是杂文之"辣"依旧是可贵的。谷老的杂文，很难一言以蔽之，抑或"椒之辣"，抑或"酒之辣"，却谁也不能忽略谷老（古老）的味道。近年，我沉潜于王羲之的《兰亭集序》、陶渊明的《五柳先生传》和刘禹锡的《陋室铭》诸多小品，并力图写出名堂。同是短文党，谷老的知识与见识，令我垂涎，难以望其项背。

小品，纸短意长，其风骨其精髓，是很难参透的。或许，小品是人品的翻版？谷老是大儒，无言以对。记忆犹新的两件小事，偶尔会触碰我的神经。那应该是 2016 年年初吧，吉林省杂文学会召集恳谈会，谷老堪称巨擘，与大家谈笑风生，道尽杂文沧桑。实际上，何止是杂文，吉林省几十年来的文化艺术都在他的眼里。即便是这次会议，他还特别提及张笑天，希望能见笑天一面，我也把谷老的意思说给病中的张老师；另一件小事在更久的以前，我想请一幅谷老的书法，他谦虚归谦虚，很快就嘱咐秘书送到我的手上。小事情，大境界！不是吗？

其实，我特别愿意听谷老说话。无官一身轻吗？作为名流的谷老，从官位上退下来，积极服务于社会，他似乎更加亲民了，我也多了听他说话的机会，不仅在餐桌边，甚至在谷府上。谷老看上去硬朗，笑眯眯地讲古道今。而有时，我听醉了，竟光顾着看他慈祥的表情、听他磁性的声音，一时错过了内容……

正是雨意绵绵的时节，那个黑暗的 10 月 11 日，谷老突然地去了。没错，之于我和我以外的很多人，谷老突然去了天堂。哀思中，秋风落叶。哦，天堂里的谷老，安好！

所谓新知

A

人,活在世间,车马喧,风雨暖,受用不受用,主要看自己了。好,自不待言;不好呢? 全力脱逃,并祈祷。当然,也有放挺的,甚至放弃的,随个人意愿吧! 时光的远处,渐小,渐暗。

"太阳升起来了,太阳落下去了,我什么时候变好呢? "据说,这是一个深山少年写在石板上的诗句。

念兹在兹,少年的梦想晕染着天边。

B

幸好遇见了你,幸好遇见了我。

幸好遇见时,会心一笑,灵光一现。

一切刚刚好。

好是没有止境的,而且没有定义。顺风顺水好,逆风逆水不好吗？

此一时，彼一时。

人生得一知己，我是欣喜的。欣喜之余，我想我该如何料理呢？理会和照料仅仅属于你我的这一份意外。

C

所谓新知，即感情的"初级阶段"，资历尚浅。

惺惺相惜的企望是：从精神到精神，从物质到物质。进而，从精神到物质，从物质到精神。具体在你我身上，从阅读到阅读，从咖啡到咖啡。进而，从阅读到咖啡，从咖啡到阅读。

怕只怕，浑然不觉，落入俗套。

人一旦苟且，就没了"诗和远方"。

D

相对于旧雨，我更倾向于新知。新知——生命的新枝。是我顾此失彼吗？或许是，人都一个样。旧雨是用来怀想的，新知是用来期望的。

我期望什么呢？一杯咖啡，一脸浅笑，一个且情且义的邀约？

人与人，互为风景。

看景不如听景？

忽近又忽远，忽远又忽近。远也你我，近也你我。

回眸间，一场人生，不了了之。

E

烟火生活当中，你是不是那道我洗心的流水？我是不是那座你朝圣的高山？

你若流水，我则高山。或动或静，知著知微。

F

盛夏。热。做不成事情。

突发奇想，看看你的照片啊！介意吗？不介意。很快，便从微信传来，一帧帧，述说着斑驳旧日，无声胜有声，比初识的样态好多了。

人生四分之一：春、夏、秋、冬。

春夏之交，不啻人生之华彩乐段。那时候的你，更青涩、更清透而且更清朗。叹只叹，穿越岁月的墙，我也回不到少年岁月了。

G

戴上墨镜，看外人的颜色就不一样了，分明在时光的远处看近处的时光。我是外人吗？如果是在你镜片后面，我是一个怎样的外人呢？成熟、睿智、幽默，有格有调。羽毛般的赞誉，随风飘送，耳朵却未做停靠站。

我知道，我是被自己过早地宠坏了。

你是一只杯子吧？看上去，水已经满杯了。中年的杯子，苦辣酸甜。

我呢？兴许是一枚石子，一枚可以入水的石子。

再见你的面，你会从微信的美图中跳出来吧？出奇制胜，要么像男人那样"抱拳"，要么像女人那样"拥抱"。

岁月老去，情怀不能沧桑。

H

其实，我还是一棵树。

神派谁来？谁是那一只身藏暗码的兔子？

I

听天由命的兔子，不吃草。

写作的手，只属于文字，虚虚实实的文字。

不做谢道韫吧？不做李清照吧？

做，当然做自己，做干净的文字里干净的自己，干干净净。

只有干净的人，方能成就高贵及善良。

J

而且，素面朝天好吗？一张真切的脸，足以唤醒一颗沉潜的心。我会记住啊，并且不再使彼此莫名其妙地疏淡在红尘中……

彼此擦肩而过。

K

多情终被无情恼? 不。严冬里，彼此一片温暖；酷暑里，彼此一片阴凉。或许，我是过于乐观了。陷落的日子，道一声珍重，哪怕留淡淡的忧伤在此岸，彼岸光明又灿烂。

请保留曾经默许给我的特权吧，请慢慢、慢慢、慢慢地习惯妆对全世界而独自赠我以本皮本色的那份生动。

L

人只活一生，遵从自己，得失都是天意。许多年前，听说过一句话：人在临死的时候，最大的遗憾不是做了什么而是没做什么。

得意与失意，无非命里命外，不辜负!

M

且慢，目前的你我仅仅是对方的熟人，面熟心不熟，彼此之间辽阔而苍茫。

格式化的中年，梦是唯一的奢侈品。无限江山，即兴发挥，你啊你，终究免不了岸边折柳，免不了眉眼凝殇……

N

都不是一望无际的年龄了，顾虑层峦叠嶂。进一步，难；退一步，难。这种进退两难的境地，让我发现了另外一个我及你。空洞的你我，忽然塞满了虚浮的幻象，塞满了比幻象还虚浮的轻云淡雾。

人生苦短，为什么不呢？

O

老实说，我是许给过你一些夜晚或白天的。人，最难将息。心海潮汐的时候，看你发过来的照片，看你中学的纯净，看你小学的纯真。我用我的方式哄自己，绕开你似是而非的惦念。对，是绕开，哪怕我白费心机。

P

有个民间传说，讲的是一财主日常以茶待客，自得逍遥。某天，进来个乞丐，先挑茶不好，复挑水不好，又挑壶不好。最后，他把怀里的壶掏出来沏茶喝，味道果然绝妙。于是，财主留下乞丐，情愿供吃供住，直到人去壶碎，直到品尝知音不再的痛惜。

我是你的财主吗？我是你的乞丐吗？天知道。那么，我以外的你知道吗？知道不知道？一颗心，跳动在身体里。

有限的生命啊！

无限的遐思啊!

Q

看人，当然看重点，你的重点是眼睛。

在一篇文章里，你出示了你的重点。

最初看到的你，迷迷蒙蒙。重点被一副墨镜藏在后面了。墨镜极其夸张，架在鼻梁上，脸庞小了许多，聪明的你哟！我之所以能够记住，是因为你沾了老乡的光。异乡见老乡，话题自然随着松花江去了，远远地去了。

时隔多日，读文章，重点再次引发了我的兴趣。哦，是深邃吧?

心下的想头儿是，你在我的面前，裸眼会更好。

我怕，我怕日后走到大街上，连与你擦肩而过的惋惜都没有。没有呢，你不惋惜?

期待你的妥协。让给一怀愁绪，让给两袖清风。

R

美当前，哪一个是眼盲? 往往是心盲。

"浑身全是友情"。何止呀?

50 岁以后，主要在感，其次在情。世间友情和爱情，最妙是融合，而非混搭。打个比方说，友和爱同样装进情这只空杯子里，又不是咖啡和豆粉，难为我这一介书生了。

仍然喜欢做梦，梦即想象，想象远比现实神奇。

我不敢说我是你的鲁迅了，就像你不敢说你是我的萧红一样。

如果给出一片蓝天，你可以飞翔吗？

如果给出一片草原，你可以奔驰吗？

如何是好？如何……是好！

S

借别人之口，你为自己的形质定了位：民国范儿。

我一下子就想到了林徽因。

林徽因美吗？不美，不是很美。更动我心怀的是她的身世及故事。20 世纪 80 年代初期，徐志摩的诗风席卷大学校园，我陶醉于他的《再别康桥》，爱屋及乌，又陶醉于林徽因的《你是人间四月天》，于是对两人难解难分的爱恋也深深陶醉。

告诉我，你所呈现的照片上或文字里，哪一个更接近于我内心适宜的你？

T

后来者居上。居上，当有居上的鬼使神差。

你就闪耀在我的鬼使神差中。

比如，交往多一些，交谈长一些，交游广一些，交谊深一些。

我们不，偏不，逐渐缩减的愿望将尽未尽，你剩下"何日共剪西窗烛"，我剩下"却话巴山夜雨时"。

作家木心泄露了天机："一生只够爱一个人。"

从前慢，现在慢，将来……慢慢来。

鬼神都不急，轮不到我们急啊！

U

就朋友而言，对你知之甚少。细想，这不正是发现你、挖掘你的原动力吗？

你那么迷信薄施脂粉，那么依赖墨色眼镜，宛若酷侠，心思却如此绵软，绵软得傲娇："宁可与热闹保持着距离。但是啊，对于我认定的人，请进生命里的人，绝对愿意拿出真实和赤诚的。"

燕子低飞的年代，谁也成不了英雄。偶尔的夜与昼，寻一处宁谧，双手合十，祈祷成为彼此的树吧，你倒映在水中从柳，我伫立在风中从杨。

一谓顺生，一谓顺心。

朋友倒是要匹配的，心灵上的匹配如入仙境了——所谓昔我往矣，所谓杨柳依依。

V

万一，空仓了呢？

万一，空想了呢？

万一，空空如也了呢？

W

一树一菩提？一花一世界？

鲍勃·迪伦的民谣《答案在风中飘荡》唱了几十年，一代又一代，直逼心灵的词曲依旧那么迷离。

无非留下恒永的念想，闪电般的恒永，给自己。

X

历久弥深的朋友，结为死党，很有些江湖气象及趣味。回首来时路，我太轻飘飘了，而我得意于自己的"轻飘飘"，朋友无异于一张又一张的情义卡，寄放在我的情感深处。需要了，刷一下，如愿以偿。更多的卡，无声无息地安歇。当然，自有破损的，自有丢掉的。所幸，密码在，"昨日"也会在我的缅怀中"重现"。

告示板上，我不更换的留言是：同性之间，走着瞧；异性之间，瞧着走。走到哪一步？看缘分，看经营，尤其看心情。

Y

还没握过手吧？手与手之间，妙不可言。

我终于明白：生命中多一个人或者少一个人，没什么所谓。

如同日子里多一场雪或者少一场雪有所谓吗？不过，崭新的你冥冥之中给我出了一道题。呵呵，不是令人郁闷的数学，不是令人愉快的文学，而是起起伏伏、明明暗暗的美学，西方油画般。

美学里，会不会迷失？晚了，我早已经丧失了勇气和力量。

Z

我们这一代人，风过、雨过、雷过、电过，难免替自己担忧。

歌德谢世前，缓慢拉开病房的窗帘，喃喃地说："让阳光多一些！"

人活着，最暖的终究是阳光。

空白美妙，美妙的空白，新知依旧新知。会的，如期而至，如约而伴，美丽而芬芳。那时候，颤巍巍的我们，不去尼斯，不去加州，不去巴厘岛，随便一处街角，随便一处咖啡厅，面孔对面孔，杯子对杯子，默默销蚀着一个个黄昏及夜晚。

在生活的艺术里，艺术地生活，如此而已！

"南行散记"题外话

人到中年，难再涌起沸腾的血液。当然，依旧免不掉自作多情。事实上，建边的这些"南行散记"，无非是发在朋友圈的零札碎简，报告自己的踪影和心迹。随风飘一飘，随雨淋一淋，舒服了则算抚慰。我呢？却再一次自作多情，视它为花瓣之露珠，抑或美人之眼泪。

北人南相的建边，令我过目不忘。1980 年秋，拜东北师大所赐，同窗同门，同入同出，从相识到相知，从相知到相悦，风雨彩虹一梦长，直到永远。如日，心里头暖着；如月，心里头温着。日月情怀，见面则另当别论。谈天、说地、喝酒、打牌，半实半虚，半雅半俗，销蚀了差不多半个人生，正应了毛泽东那句话："三十八年过去，弹指一挥间。"

忆青春，中文系同级 183 位学子中，我们最近。他小说，我诗歌，外近里亲。我熟悉他的体貌、声音及趣味，他熟悉我的体貌、声音及向往。彼此内心的苦乐，不说也能体会。山不转水转，水不转云转，转来转去，彼此转成了莫逆，冷热、得失、荣辱都在惦念中了。惦念，我的独特表达方式是，一边送他烟，一边劝他戒。

知面知心，往好说，有些像鲁迅和瞿秋白。

喜欢建边的散文，有一篇读一篇，精神的补贴似乎比他散文的字数还多。多什么？多的是故事，多的是性情。对了，他写散文往往从故事出发，从性情出发，然后才是自然山水和人文景观。好不好呢？不一而足。我写散文几十年，明白了一个道理：用自己的心，说自己的话。

譬如"南行散记"，为什么是这一篇，而不是那一篇？心到佛知。且慢，佛不知我知，我不知建边知。"有人与你共黄昏，有人问你粥可温"。看你需要什么，看你受用什么。

五一小长假，建边带着老父老母南行，到过一个个灵秀城乡，且行且语，尽可能让生他养他、疼他爱他的二老高兴，哪怕片段的抑或片刻的高兴。每遇、每感，瞬间记在微信里，来不及斟酌。然而，恰恰是这些平铺直叙的短章，勾到了我的魂儿，包括散文理念。不由自主，我想起了普里什文的《林中水滴》，想起了列那尔的《胡萝卜须》，想起了纪伯伦的《流浪者》和泰戈尔的《飞鸟集》。那种轻盈、轻灵与轻巧，着实让我奢侈了一把。

轻灵的笔致，之于我，远有张岱的"夜航船"，近有建边的"南行散记"。

散文，形散神不散，这就给微信许多出路。"南行散记"是散文吗？当然是。散散淡淡，信马由缰，无所谓得失了。神在字里行间，撩人呢！

　　建边纯属写散文的料,那情,那爱,那讷于言而敏于思。可惜,大部分时间都被亲情、友情及爱情侵占了。云水有情,他也投入。投入中,灵感来得特别勤、特别快,手却更勤快地去掏那烟,偶尔命笔或敲键,反误了幽幽散文。

　　又能够怎样?

　　只好认命,零碎如这篇"南行散记",也是我自作多情地替他拦截下来。倘我一笑而过,非虚构的微信,只能留在朋友圈里了。那么,问问看,留得住吗?

趣味或曰关怀

伴随着时代的多元发展，散文也日甚一日地呈现出多元化繁荣。不过，聪明的读者还是愿意选择那些优秀以及接近优秀的作品来读。简单地说，便是那些有独特经历、独特感受、独特意识、独特思想的篇什。这里面，其实深藏着一个美学趋向的问题。比如一个人，无论这个人服装如何变化、发式如何变化、举止言谈如何变化，那张脸必然是永远的标识。而散文的脸，毫无疑问，凝结着作家的趣味或曰关怀。

近些年来，胡冬林创作的长白山系列散文，渐显成色，渐成气象，这是吉林省文坛乃至全国文坛的可喜之事。新近出版的散文集《狐狸的微笑》，之所以成为一个热门话题，引发圈里圈外的关注和讨论，从更深的层面上昭示了作家的那一份不可复制、不可粘贴的艺术魅力。以往，我们习惯于把散文分成三类：叙事、议论和抒情。反观冬林的这些散文，已经早早地从传统的方式方法中脱轨了、失序了，代之而来是一种信马由缰式的陌生又极其新鲜的、个人又极其群体的"故事文本"。

既然是"故事"，就注定了讲述的策略与受众关系；既然是"文本"，就注定了创作的欲望与阅读快感。2000年的《青羊消息》，主要是以诗人父亲和动物行为学家赵正阶的讲述为经，而以自身跟随向导踏察长白山为纬，从容不迫地串联、随心所欲地展示而且不失时机地表达直到意犹未尽地收尾。然后是《拍溅》，是《原始森林手记》，是《狐狸的微笑》……到2012年的《山猫河谷》，斗转星移，暑去寒来，作家与那里的森林、阳光、空气、水土、花草、成百上千种动物等，差不多合为一个家族了。其中的野境野遇、野情野趣，一次又一次，很真切、很灵动、很自如地跃然纸上。而阅读这些诚恳的从容的饶有兴味的情节甚至细节之后，我们获得的知识、信息、经验和强烈的动物保护意识，远远不是泛泛的庸常的散文文本所能供给、所能传导的。况且，胡冬林的趣味或曰关怀，未必就是向读者输送这些货色，那应该是科普读物承载的使命。我忽然想到了另一本书《黄帝内经》，它认为作为独立于人的精神意识之外的客观存在的"天"与作为具有精神意识主体的"人"有着统一的本原、属性、结构和规律。我觉得，这也一定是胡冬林归隐山林、穷追不舍的本愿，一定是！

其实，跟冬林相识了二三十年，也有过一些交往和交流，彼此淡来淡去，并没有什么牵肠挂肚的记忆。冬林迷恋长白山，领会长白山，是《狐狸的微笑》拉近了我和他的距离，我读着读着，内心会情不自禁地涌起感动，以至感佩。他不顾生死地探访着、收集着、整理着、组接着、剪辑着，快速地成就着一部部电影。他在创作的时候，其实也就像演电影一样，迭出荞莽苍苍的长白山及其林海中的一组组蒙太奇镜头，带着面包和咖啡进山，穿林绕溪，停停走走，聆听，观察，记录，与动物周旋甚至对视，还有形形色色的姿态、表情、声音。惊险的探寻、惊奇的发现、惊喜的收获，还有手舞足蹈，还有痛哭流涕、悲伤欲绝、愤怒呐喊、大喜过望……

关于"自然写作"，古今中外，实不多见，却因为个个身临其境而引人入胜。对，他们不是旁观者或旁听者，而是最为直接的参与者。写《昆虫记》的法布尔、写《瓦尔登湖》的亨利·梭罗、写《荒野的呼唤》的杰克·伦敦、写《动物解放》的彼得·辛格，包括更文学化的卢梭、普里什文、泰戈尔，哪一位都不单单是为奇而奇、为文而文，重要的还在于打开人与自然、动物、植物的通道，以至和谐、融合，以至抵达和共处一个快乐的幸福的世界。相比之下，所有急功近利般的见识、所有撒娇卖乖式技巧，都不堪一击，只有退到幕后；而假模假式中飘浮的文字，虽然瑰丽，也会像云彩一样散去……

说到胡冬林，不能不提及他的生命状态和生活状态。众所周知，冬林小的时候便随父母迁居长白山区，1995年起，又不断深入白山黑水腹地采风，2007年后索性搬进了二道白河镇，以期亲近森林、亲近动物。何止缘分？命定吧？而今，他交出了这本沉甸甸的《狐狸的微笑》，读者完全可以从他的这8篇"拟态散文"中领略一个作家的情感与情思。有幸的话，我们兴许会从此建立起自己对森林对动物的情感与情思，这便是胡冬林的趣味或曰关怀吧？

上不上微信

微信是种什么信？几年前，谁要是能够回答这个问题，无疑是神人；而眼下，谁要是回答不了这个问题，无异于笨瓜。

生活的变幻宛如云烟的变幻，可测与莫测，另当别论。

玩微信的人，各享各的福。有一点却达成共识——说话免费。乍闻此言，我眉毛斜挑，说话收费？错了错眼珠儿，还真收费，而且早早就收费了。自从安上宅电，自从用上手机，说话便进入成本了。话多费多，话少费少，闲话自有闲话的代价。就算你没话，相关的支出也是无法禁止的。据悉，微信之后好转了，话尽可以说，图尽可以传，情义尽可以抒发，观点尽可以表达。费呢？忽略不计，分散在手机多元功能里，暗自核销了。

这，不过是微信的一个优势，玩来玩去，尽兴而已。

很遗憾，我不玩微信。当然，跟主义无关，跟信仰无关。大千世界，好玩的东西数不胜数，玩什么都是乐子。从实招来，在微信面前，我绝非故作清高或清雅，免沾尘俗之气。相反，我跟众生一样，对微信怀着无比的敬畏和无限的寄望。这个乱云飞渡的社会，我早已习惯了顺势而上或顺势而下的进境，省心省力啊。我不知道微信是怎样进入我们的生活的，身边人的倾情启蒙与示范，乃至批评与教育，一次次促使我下定决心——加入微信群。然而，心动未及行动。时间一久，连我自己也莫名其妙，随着潮流奔向前方的时候，竟然把自己"流"成了一块石头，卡在深处了。当昔日的男女老少乘着微信畅游天下时，我只能茫然无措地顾盼，看他们逍遥……

我虽然矛盾，但也没有矛盾到纠结的程度。上微信，或许是偏得；不上微信，未必是损失。对我来说，自由比束缚重要，我特别怕被生活左右来去，以致沦为阳光下的仆役。我行我素，欲辩已忘言，我反而被视为今夕何夕的"古代人"。古代人活在当代人中间，怎样都别扭，怎样都像在装相。种瓜不得瓜，种豆不得豆，谁也懒得指导我了。没微信还指导啥呀？于是，他们赌气似的用形形色色的微信"馋"我，时政新闻、人物传记、文史掌故、琴棋书画、诗词歌赋、精品回顾、商务合作……很新奇，很神秘，很炫丽。还有心软的呢，痴痴妄妄，单等我回心转意、后来居上的那一刻。

我是石头，但不是顽固不化的石头。天天的耳濡目染，我惊奇地发现，我已经取得了从一无所知到一知半解的进步。在这种进步的慢过程，我细致入微地完善着自己的智商与情商的起承转合，居然跟建了什么功立了什么业一样。尽管我使用微信的水平尚处于小儿科，诸如群聊、点赞、评论、发朋友圈、读公众号之类止于皮毛，毕竟生发些许的幸福感了。初级阶段，最难将息，既不能随心所欲地给亲朋好友发红包，也无法如愿以偿地向仁慈大叔和悲悯小妹收红包，但我不气馁。假以时日，奋起直追，我相信自己会把微信玩到出神入化，那还不是要啥有啥、要啥来啥？

这么说，好像微信跟城里的超市或乡下的集市差不多，却完全是两码事，大相径庭。日常生活中，衣食住行，样样都要去"市"里。"信"里呢？看似近在眼前，实则远在天边。管不了饥，也管不了饱；管不了寒，也管不了暑。我的手头上，留存着一些亲人和友人的书信，问候、牵挂、惦念、祝愿……诚挚尽在其中，愈久愈珍贵。微信里呢，满登登的，又是空荡荡的，膨化食品般迅速成为垃圾，不忍再翻检。放眼公共场合，远远近近，到处是低头一族孜孜不倦的身影，无"微"不至，十分辛勤地捕捞着，他们捕捞到抚慰心灵的那种乡情、亲情、友情和爱情了吗？

即便是这样，更多的人还是痴恋微信，有情致的时候，来一番隔空吃、隔空喝、隔空玩、隔空乐，美死人哩！

不过，有些人玩微信，玩到忘我，却不幸被微信玩了，颇耐人寻味。如果说，我身后有一座森林，我只要一片叶；如果说，我身后有一条江河，我只要一瓢饮。多余的事，多余的人，随着岁月走，走到哪里算哪里，不强求也不苛求。微信的大咖们，过多过重的负担与烦恼，压得我也心绪不宁。人的私密，人的尊严，经微信随时随地那么一晒，相去甚远，面目全非，我则本能地躲避，像躲避烟酒一样。可是，我成了孩子的脸，说变即变，眼下又忽然想进入"烟酒"了，想在烟酒的气味中体会出人生的况味，这算是我所觉悟的旁门左道吗？善解风情的人，动动手，加我吧！

少安……勿躁。

"世界上最遥远的距离，就是我在你面前，你却在玩手机"。多么好的时机啊，可惜我目前的微信状态十分有限，又不会随意调整。新知旧雨，常有人提出加我微信，我一律抱愧如昨。我是古代人吗？当然不是，但连微信都不上，不是古代人又是什么人？不解释了。据说，微信是会使人迷醉的，甚至迷幻。我希望，在迷醉与迷幻之后，尽早从"耳听为虚"的艺术抵达"眼见为实"的生活，乐而忘忧的生活。

微信得失，一言难尽。今天，你"微"了吗？微了的人，个个心花怒放；未微的人，似乎心事浩茫。我独自穿行在他们之间，禁不住向微信妥协。芝麻，开门吧……

最快是明日，最慢是明日复明日，我就选择明日了。

我的散文在哪里

我用我的散文说话。那么，我凭什么说话？我说了什么话？我说的话是接近精华的艺术还是接近艺术的糟粕？

换言之，我的散文在哪里？

写作几十年了，从最初选择散文到最后料理散文，我经历了诗歌、小说、报告文学、文艺评论等诸多体裁。对散文的信任，犹如对大地的信任。我感觉，坐飞机抑或坐轮船，尽管风光迥异，别一番意兴，毕竟没有一个人比行走在大地上踏实。

散文踏实吗？不踏实。踏实的是我。

一种大众化的自由化文学样式，真实是它的面目，真诚是它的品质，仍然变着法儿地做戏。时而圣，时而妖，时而弄得我心神不定。散文极尽其能事，逗引我、激发我、放纵我。它一直用心良苦，兴许在寄望于我吧？

里里外外，缱缱绻绻，恰好辛弃疾替我表达了那种难以述怀的情境："我看青山多妩媚，料青山看我应如是。"

很想把散文写好。可惜，散文是写不好的。至少，我没写好。

读那些大格局甚至大气魄的喻世明言，我难免发慌；读那些太浓郁甚至太油腻的心灵鸡汤，我难免发烦。多少年来，我不断地实践，不断地摸索，道义装载着散文。深了浅了，左了右了，却始终没有找到理想的入口和出口。迷茫时，鲁迅以他的经验提示我，"其实地上本没有路，走的人多了，也便成了路。"散文呢，最怕成了路，最怕成了大路。

人说，我是写生活的作家，一颗热切的生活心探入肌理。很惭愧，我没有写好。生活无处不在，我的散文浪花般的此伏彼起，连我自己也不知道下一篇会在哪里闪亮。不过，我还是做了许多尝试，力图让自己的散文小一点儿、实一点儿。而且，我的下一部散文集已经定名为《多小是小》，其中的一篇又一篇小而实的散文，或许能够演绎我的艺术追寻。

必须得承认，世界很大，个人很小。那么，多大是大？多小是小？这样一个既哲学又艺术的问题，压迫着我的软肋，终于平和，使我渐入人生佳境。我心甘情愿进而心安理得地"小"

下来。我的"小"，是"大气象"中的"小气象"。我在努力地把"放眼望去"的目光收回来，收回到各色人等以及草木蚁蝶，得寸进尺的探求是：用散文的方式抚触人性与人情，以表达生命原有的和应有的那些痛惜与疼爱。更直接的说法，也就是用微眼光捕捉微生活。现实中，很多人习惯于小题大做，我则热衷于大题小做。

小归小，谁说小就是平庸？谁说小就是卑琐？成功的经验告诉我：不轻视小人物，不回避小心思，不嫌弃小事物，不鄙薄小感动。毋庸讳言，在长久的写作实践中，我十分迷恋两三千字、一两千字乃至更短更少的篇什，如入无人之境。回头看，古文都"小"，经典都"小"。王羲之的《兰亭集序》、刘禹锡的《陋室铭》、周敦颐的《爱莲说》无疑是文字控的样板，让我受益匪浅。

把散文写好，是我的最低纲领，或曰最高纲领。我是一个自作多情的角色，对每一个汉字都想入非非。看似微不足道，实则杯水风波，透射着大魂灵、大智慧、大悲悯。我希望我的散文因宁静而深邃，因清洁而智慧，因理性而高贵。

当然，散文需要慢功夫，像熬汤一样。写小说的麦家坦白："在巨大的欲望面前，我败了下来。"我不敢断定他足够诚挚，却敢断定他足够诚恳。是的，在高铁面前，我感到了自己的迟缓；在微信面前，我感到了自己的迟钝。所以，我为自己选择了散漫的时光、松懈的生活。一个人的时候，我是清醒的。孤单中的清醒，有助于我的平铺直叙。但愿这种自得其乐的坚持，也可以取到散文的真经。

写不好天空，我就努力写好一朵云；写不好江河，我就努力写好一滴水；写不好森林，我就努力写好一棵树；写不好旷野，我就努力写好一株草。我承认，我的思维是涣散的，我没有能力把原本涣散的思维经常性地顺情顺意地收拢或集中。所以，风吹稻花算稻花，灵光一现，信马由缰，写出来抚慰过往的沧桑，昭告未来的岁月。

我喜欢浪游，喜欢把自然的山水与心灵的山水相对应、相呼应。去云南的鸡足山，我写了《鸡足山猜想》；去新疆的阿勒泰，我写了《草原深处的古城》；2017 年 9 月，来到阔别了40 年的舒兰平安，我写了有关知青的《回乡记》……这些篇什都不及万言，都不是虚构，小而实，让我充分享受到了土层抑或云层的精彩与绝妙。

我的散文很小，小到一片叶子，但我仍然希望从我的角度发现一点儿什么，唤醒一点儿什么。都是些什么呢？

想得简单

先看两个有关安身立命的告白——

"因为我的模特都是裸体出镜，所以作为摄影师，我也要和她们一样，这是我对我的模特的尊重，没有什么好害羞的。"

"今后，我的身份不再是央视主持人，因为生命的后半段，我想重来一次。"

前句话出自 27 岁的日本女摄影师 Nagi 之口，后句话出自 42 岁的原央视主持人张泉灵之口。她们都是卓有成就的名女人，名女人一朝陷入特殊境况，抛开红尘杂念，脱口而出，想得如此简单，做得如此漂亮！

前些年，盛行一种游戏——脑筋急转弯。其实，就是给人洗脑，洗掉惯常思维，"无厘头"换回"小清新"。全过程，一去一来，总是出题方胜，永远的胜。游戏嘛，有意思则成，答题错误就败在推敲上。

对，聪明反被聪明误。

也不能怪谁，一遇到问题，国人血脉中的情理意识便陡然主政了。要么入情，要么入理，入情入理是问题的根本，答案是根本的外现。闹着玩儿的事，据说洋人比国人想得开，耸耸肩，随便一个答案就应付了。兴许，蒙准了呢。

游戏，是这样的，要的是一时乐和。

想那么多干吗？简单才好。如果自命小草，那就"绿遍天涯"；如果自命老树，那就"落叶归根"。生死的事情想明白了，管它什么"落第春难过，穷途日易愁"？管它什么"百年如过鸟，万事尽浮沤"？

人生如戏，生旦净末丑，理所当然，我崇尚简单，此一时，彼一时，直到大幕落下。且成长，且成功；且失意，且失败；且一腔热血，且两袖清风。想，深想浅想，能理出头绪吗？理出头绪比理不出头绪更让人欣慰吗？想沉重了，想迷糊了。

原本月明星稀的事，何必弄出些神头鬼脸，莫名其妙嘛！

曾经的年代里，英雄辈出，炸碉堡的，排地雷的，救落水儿童的，扶过街大娘的……凝固成永恒的瞬间抑或瞬间的永恒。若像报道那样升华，想近想远的，想实想虚的，虚虚实实，远远近近，只能是遥远的传说了。我也做过"英雄"，有一次，乘公共汽车出行，碰到三个无赖，上车不买票，还把索票的司机打得口鼻淌血。我义愤填膺，挺身而出，同几位乘客把无赖之徒就地制服。事后，还真害怕，万一"壮烈"了呢？

当时没多想。哦，更可能没想。

天有天道，地有地理，顺着天道地理在世间走一遭，自然简而易行。山比山还高，水比水还远，想那么多的山山水水，连思维都是疲惫的，沾满了灰尘。幸福近在眼前，要食得食，要衣得衣，读书写作编稿子，红袖添香心相印。得寸进尺的想头是，不如做一棵草，或者一棵树，春天有春天的寄望，秋天有秋天的惦念，好一场春秋大梦。

伟人之所以伟大，往往是因为他们在各自领域"想得简单"。譬如，伽利略之于石头、牛顿之于苹果。关于三峡大坝工程，要多复杂有多复杂，某个专家却一言以蔽之，简单为"小板凳"。我听到这个比喻时，似乎一下子悟出了其中奥妙，很为他叫绝。

"删繁就简三秋树，领异标新二月花"。我赞赏郑板桥的书斋取向，看不透的是人生。那就顺其自然，不去想它。想得简单，绝非弱智那种，而是简单到纯真，纯真到痴迷，痴迷到深邃，深邃到美丽。航天想航天的事，钻探想钻探的事，种粮想种粮的事，卖药想卖药的事，化繁为简，终究会成大器，成大业。

当然，小也有小的魅力。

凿壁偷光、投桃报李、孔融让梨、季札让国、弃官寻母、慈母手中线游子身上衣……诸如此类的言出意现的千古训诲，在国人的心头闪烁，像萤火一样微小，微小到非此即彼的简单。简单的生命意识里，闪烁着不灭的美质之光。以至于四川近年令我动心的"天梯夫妻"，日本近日令我动容的"花海夫妻"，构成我眼下最简单、最迷人的风景。还有个更加微小的亮点，毕业10年、20年、30年的大学同学会上，看到许多可看可不看的人，未曾见到韩氏女生。她跟我心有灵犀吗？不，只是她故事的细节吸引了我。4年里，她低首下心，好像没说过多少话，那样平常且那样平静。毕业前的一天，她从零落的状态中抽离出来，独对 7 月窗外，一反常态地唱起了《南屏晚钟》，蓦地惊呆了身旁室友。她才不管呢，她只管轻轻地唱，唱给远在大兴安岭戍边的男友，唱出埋在心底的想念。简单乃坦荡之翻版，君子之翻版，美丽的君子啊！

一片叶子，听凭风雨雷电，承载不起春夏秋冬。云破月，花弄影，许多事原本简单，简单的事变为复杂的事，那是想多了，如同聪明反被聪明误，注定会在"脑筋急转弯"面前败下阵来，自己幽自己一默。

言及幽默，恰好刚读到一则，简录之：

有富婆酷爱自己的一件古瓶，竟至要把卧室漆成与古瓶同色。几名油漆匠百般试调，始终未得满意。最后来了一位油漆匠，他非常自信地调出了那种颜色，因此一举成名。

多年后，油漆匠退休，生意交给了儿子。那天，儿子问他："爸，有件事我得弄清楚，您当年是怎样把墙的颜色与古瓶的颜色配得那么完美的？"

油漆匠意味深长地对儿子说："当年我漆了花瓶。"

……

油漆匠有什么不寻常吗？较起真来，他不过是把复杂的问题简单地处理了，从终点回到起点，胜在了简单的智慧抑或智慧的简单。

蒙田那个时代，他概括人有三个头脑：天生的一个头脑，从书中得来的一个头脑，从生活中得来的一个头脑。当下，人也可能有八个头脑，又如何？道理明摆在那儿呢，云彩飘在天空中，河水流在大地上，就一根筋了，如此简单而已。

花 事

花有事吗？

其实是人事，是人跟花的事！

人跟花？对，人跟花缠缠绻绻，留下无限记忆。记忆很真实，花同样真实。真实的花，好美，好香，好到人的心里去。

在人的心里待久了，喜欢上了。谁不喜欢花呢？男人，女人，希望好上加好的男人女人，不喜欢花才怪呢！

好心情看花，坏心情看花。花虽然不语，却给人诸多抚慰。风来雨去，人把花视为知己，过一种爱意绵绵的生活。

不知什么时候，我的家里多了盆茉莉。问妻子，妻子说是妹妹从她家楼道里捡回来的。听后，我有些不高兴，喜欢茉莉的话，自己去买嘛！妻子让我别管，我管什么呀？养花几十年，我只管看。词典上解释：常绿灌木，叶子卵形或椭圆形，有光泽，花白色，香味浓厚。供观赏，花可用来熏制茶叶。

自从家里养起了茉莉，我唱"好一朵茉莉花"的次数明显增多了。太久的歌曲，记不住词，哼哼叽叽的，主要为的是抒情。唱出瘾头儿了，接着唱《牡丹之歌》。我母亲最爱听我唱的是后面这一首，她说我不比蒋大为唱得差，不差多少。呵呵，昨是今非，母亲只能在天堂里听我唱歌了，她老人家听得见吗？

我喜欢花，却无心侍弄，也侍弄不好。办公室里的花，来的来，去的去，都随了光阴。眼前呢，倒也灰头土脸地活着两盆。两盆花，其实是两盆青（我只配养青），不知是怎么苟延残喘的，也叫不出它们的名字。每天上班后，把杯子里的剩水倒入盆中，顺便瞧一瞧花的长势。如果我出门在外，而花无人搭理，就只好"渴渴地"独自守候。命苦吧？再苦也还活着。

花在我的家里，则幸福多了。妇唱必须夫随，她爱花，爱在行动上。茉莉落户以来，跟其他花一样待遇，有时还博得专门的照顾。渐渐地，叶绿了，花开了，满枝满枝地盛开，浓郁的香气弥漫了室内的空间……

众多的花卉中，茉莉自强自立，尽情尽意，似乎有些失控。一季一季的，香气阵阵袭人，反而令妻子愁眉不展了。怎么办呢？她试着把花盆搬到阳台上，搬到角落里，都无济于事。或者……搬到走廊吧。走廊？不就是楼道吗？由此及彼的联想中，她忽然觉悟，莫非前主人当初只缘承受不了茉莉香气而一时放置在楼道的？那么，该不该送回去？如果送回原来的楼道，茉莉会不会再次更换了主人？

哦，花事难料，憾事难免。

怕只怕"江山未老红颜旧"。

还是自己养着放心，好好养着吧。尽人事，听天命，花谢花开两由之。

　　我呢，曾经跟妻子踏访长春的百花园。徜徉在红花、粉花、紫花、蓝花、黄花、黑花、白花等形形色色的花丛中，我莫名其妙地惦念家中的那盆茉莉了。对，茉莉才最适宜大地生长呢，有阳光，有雨露，就一定奋力绽放，绚丽而芬芳。谁说的来着："有时候，真正改变命运的，仅仅是你的心态和想法。"人既如此，花不会错！

　　茉莉的"一举一动"，逃不过妻子的锐眼，因为她倾注了太多的心血。2016 年 6 月 30 日清晨，她惊喜地发现，茉莉的两朵白花十分巧妙地"睡"在绿叶上。于是，用手机实景实情拍摄，并通过微信发送朋友圈里。我点开阅读，也惊喜，第一时间回应：人总是忽略身边的人，花比人聪明，它更知道倚重身边的花。

　　没错，片刻的心境，像雾像雨又像风。

　　男人喜欢花，据说跟女人有关。那么，女人喜欢花，跟男人有关吗？花，回答不了这样的问题，独自在一旁，静静地绽放或凋落……

无人喝彩

人世间，不用太费血汗，也能功成名就的美事，我以为是唱歌。尽管这种美事，未曾在我的身上得以实现，并不动摇我的理念。满脸胡须的帕瓦罗蒂，小小面包师，唱着唱着，享誉全球了；一身土气的朱之文，小小庄稼汉，唱着唱着，享誉全国了。

明着是机遇，暗着是天赋，都比较省心。

我只有眼馋的份儿。

跟许多人一样，孩童时候起，我就喜欢唱歌。升初中，到高中，我已经可以拿着歌片或歌本自学了。不过，无论我多么期望，都没有上台展示的机会。学校文艺会演时，台上的男生女生《红星照我去战斗》《我爱这蓝色的海洋》《映山红》《绣金匾》等一首又一首地独唱，动听极了，心里既钦佩又羡慕，那才叫唱歌，难怪自己当观众。我当然也有我的优势，因为会的歌多。高中班主任是位女老师，知道我识谱，偶尔把我叫到教研室，跟她一起学习新歌。"大雨落幽燕，白浪滔天，秦皇岛外打渔船……"就是她兴致勃勃一句一句地教我的。她还让我在自习课上教同学们唱歌,岂料我越认真越跑调,不时惹来大家的哄笑。有个女生是我家邻居,用极夸张的声音及表现捧我场,以示支持,让我越发觉得无地自容了。

谁想跑调呢?天赋这个东西,老是不失时机地拧我一把。

做知青之初,日子不分长短,唱歌不分好坏。集体户,原是生产队队部,为迎接我们的到来,临时在中间砌了一米厚的砖墙,上面用胶合板隔断,顶端空出尺余,供男舍女舍的光线、气流来去。白天累成个狗样,懒得动弹,躺在土炕上,想家人、想爱情、想命运,于是男生唱、女生唱、男女生合唱。《婚誓》《山楂树》《南京之歌》《沈阳啊沈阳》《洪湖赤卫队》《美丽的哈瓦那》《莫斯科郊外的晚上》等一唱便唱掉半个夜晚。那年月,唱歌和喝酒最管用了,都是消愁解乏的有效方式。

同一首歌,还真分谁唱。苏小明的《军港之夜》,身边人都学着唱,没一个赶上的,慢说超过了。港台歌曲飘进校园的时候,男生女生跟着"飘"起来了,整天"曲不离口",《月亮代表我的心》《路边的野花不要采》《小城故事》《除了你》……几乎成了"靡靡之音"的俘虏及传播者。我也时不时地唱,远离邓丽君十万八千里,而她的歌声在我的脑海中萦绕,顺着我一时的心思唱个不停。唱不出她的味道,我尽可能地唱出她的情怀;唱不出她的情怀,我尽可能地唱出她的感觉。感觉往往是模仿中得来的,男声唱女声,费力也不怎么讨好。模仿也是讲技巧的,可惜我连模仿的技巧都没有把握二三。尽管十分投入,仍不像那么回事。

恐怕是"时势造英雄"，我只适合欢快的、激昂的"时势"。流行歌曲占上风后，我分明成了"歌盲"一个。我不甘心，也不服气，还特意买了一台日立牌777的卡拉OK录放机。得空的时候，做回小学生，跟着转动的带子五遍八遍地唱，似乎找回了一些面子，不，是信心。然而，公众联欢的场合，仍然不免露怯。音是在调上了，却不怎么好听。众所周知，好听是受众的首选啊！

后来我终于明白，歌唱得好不好听，那要看天赋。天赋就是个神，让你好就好，让你不好就不好，至少我神命难违。当然，我可以依着神，一点一滴地靠近。美声唱不了，民族唱不了，我从实际出发，认准了通俗这个方向。罗大佑的《光阴的故事》、张学友的《吻别》、童安格的《明天你是否依然爱我》、毛宁的《涛声依旧》、张宇的《用心良苦》、周杰伦的《菊花台》、邓紫棋的《喜欢你》……都是我一字一词、一曲一调学来的，一路唱得用心，偶尔也会泄气。没唱好，唱不好。

幸亏我没有发高烧，把专属爱好的唱歌当成事业追索。

唱歌当然是一种事业，尤其对那些具有天赋并且乐此不疲的人，我是怀着敬意的。当今的时代，无疑是歌手的天下，一唱成名的事例随处可遇。诸如《超级女声》《中国好声音》《中国好歌曲》《我是歌手》《中国之星》以及《星光大道》《我不是明星》《出彩中国人》《笑傲江湖》等一系列电视娱乐节目，促使那些实力歌手层出不穷、夺人耳目。我没有实力，只好跟着电视走，笑声和眼泪一起随着走，没头没脑的。

从实招来，我不是多么喜欢那些歌手，而是非常喜欢那些歌词。尤其是《鸿雁》《南山南》《一生有你》《当你老了》《贝加尔湖畔》深深地感染着我，打动着我。可惜，我怎么也唱不出它们的辽远、隽永、委婉、细腻与挚切。欠天赋，干瞪眼儿，心有余而力不足。

唱歌，作为一种爱好，跟随了我几十年。痛快不痛快，歌往往顺口就流出来了。其实，我很想唱给我爱的人和爱我的人。而母亲，是唯一赞扬过我演唱的。对，是演唱。早年，早些年，我给她十分正式地演唱蒋大为的《牡丹之歌》，她满脸的笑意及幸福，还我以热烈的掌声。现在不能了，只有在拜祭老人家的墓前回想母子之间暖融融的片断。再无人喝彩了，我很想说，山水也是我的至爱亲朋，我情愿献艺于远山近水，把自己唱成一片云，抑或一片思念。

人这一生，有诸多的爱好如影随形，最是唱歌抒情。人前唱，人后唱，唱舒服了就好，说什么有功无功？说什么有名无名？

偷得浮生"流水账"

流水账？对，诗集《宛如流水》是我 2016 年的一本"流水账"！

马虎说来，我属于忙人。大处着眼，忙名誉，忙利益；小处着手，忙趣味，忙心情。

还是在夏秋之际，亦即 7 月 13 日到 10 月 16 日，我欣欣然尽力而为，从头脑和情怀里，偷出了一本诗集《宛如流水》。对，偷闲的偷，偷偷用手机写诗。手机是我的同谋，不但赞赏我，还纵容我；不但纵容我，还庇佑我。三个月，无论窗里门外，无论白天黑夜，得闲便要写诗。写灵光一现的感性诗，写眉头一皱的理性诗。明来暗去，手机内居然"诗三百"了！

明来暗去的，还有时光。

时光隐在灵魂中，我经历了"有多少片树叶就有多少个诗人"的狂热，也经历了"你他妈才是诗人呢"的鄙夷。……俱往矣！若干年后的今天，如果说我活得还算畅快，乃至幸福，首先要感谢诗。诗，让我仰视天空、俯视大地，亲近云霞与草木。

有时，想化作一阵微风，去扯云霞的衣衫；有时，想化作一场细雨，去洗草木的面庞。当然了，这些近乎神的妙想，在自命不凡的人眼里，多半会被认定是一种病。神什么呀？神经病。

写诗有什么用？那么，顺便问一下，音乐有什么用？美术有什么用？影子有什么用？相思有什么用？

很惭愧，我在半生中写了那么多的诗，却没有一首名扬天下的。慢说一首，一句也没有啊！譬如雪莱：冬天来了，春天还会远吗？譬如普希金：假如生活欺骗了你，不要悲伤，不要心急。譬如徐志摩：轻轻的我走了，正如我轻轻的来。我轻轻的招手，作别西天的云彩。譬如艾青：为什么我的眼里常含泪水？因为我对这土地爱得深沉。譬如北岛：卑鄙是卑鄙者的通行证，高尚是高尚者的墓志铭。譬如海子：我有一所房子，面朝大海，春暖花开⋯⋯

即便是这样，我仍然痴迷于诗。甚而，除了诗，神马都是浮云，近似于基督教徒心中的上帝。《宛如流水》出版之后，我爱不释手，释手亦未释心。如此说来，诗集倒像给我自己写的。其实，谁读就是给谁写的。怀着更大的野心，我忍不住优先派送身边的一些人，请他们雅赏。我希望他们能从中读出名诗或名句来，并替我及早地传播。是的，他们雅足够雅，怎么个赏法则无从探求了。也无所谓，我写诗初衷为自己，为知己。一本书，除了作者，还有另外的人愿意开卷，便接近意义了。哪怕没谁读到这本文字比较干净、境界比较澄明的诗集，而仅仅是偶然间记下"春天太浅 / 秋天太深 / 春秋一场梦 / 太凄清"，我会十分得意的。怎么样？不朦胧吧？不玄幻吧？半生过去了，把个人的心里话说得透顶、透骨、透彻、透亮，最要紧了。从前，我把诗写成酒；现在，我把诗写成水。从酒到水，从浓烈到清浅。

人生得意是清欢。三个月，半夏半秋，风调雨顺，我躲在自己的清静里，诗心闪烁，诗意氤氲，完完全全地清雅起来，清清雅雅。其间，梭罗的一句话经常性地萦绕于耳：从今以后，我要毫无保留地度过一生。

因为诗，我兴许会"毫无保留"吧，会不会呢?

凭窗看雪

在东北，在长春，雪是比较霸气的，它几乎主宰着年度365天的四分之一。茫茫环宇，浩浩苍穹，雪奉天公之命，当来则来，该去则去，乐得个逍遥。哦，天命不可违，只有顺应季节，进而调理自己的身心，所谓适者生存才好！

多情的我，关于雪的记忆，大多留在童年和少年。抽冰猴、滑爬犁、滚雪球、打雪仗……历历在目。说实话，我喜欢雪，但不喜欢寒冷，喜欢与不喜欢乃天仙配，难解难分。站在今天的立场，回首旧日的热忱与坚忍，无疑与冒风雪、斗严寒息息相关。当初，尽管是玩意思，冥冥之中，却玩出了意义。"雪过"了的生命，骨子里有种硬东西。什么呢？什么都不在话下。

大雪小雪，一年又一年。知天命了，忽然平添了风雅人士的情致：凭窗看雪。这雪呢，通灵性似的，多半傍晚来，抑或清晨来。雪飘飘地来，便把我逗引到窗前。隔着双层的玻璃，我不但身暖、心暖，连目光也是暖的。暖暖的目光看出去，雪既艺术又古典，堪称古典的艺术。不是吗？单看分明是在空中秀书法呢，而局部看则是高冷且超拔的写意画了。这样的时候，性急的年轻人忍不住要叫啤酒和炸鸡了！我不，我更愿意静静地看，及至化入那轻轻扬扬的雪花当中。那么，我是哪一片雪花呢？哪一片雪花是我呢？

家居闹市，窗外通常是街道，是商场，是熙来攘往的人。其实，我多么希望是山脉，是旷野，是大海。幸好，雪花的盛意偶尔能弥补一下我心中的憾事。雪花用它那淡远、迷幻、幽深的情境取代了我几近枯萎的想象。雪花够辛苦，不断地殷殷勤勤地挽救我。不错，长久困于城市，我很没出息，每每陷入灯火的迷阵，我总是下意识地怀旧，而西谚恰好击中要害，明确说："怀旧是一种懒惰的心理，因为畏怕和不肯去开拓未来。"谁不要未来呢？问题在于去不去开拓。可惜，中年人的畏怕，比怀旧来得更快。

抛开灯火，细数雪花的事情！

雪花华贵吗？也华贵；雪花素朴吗？也素朴。雪以花的名义和方式悄无声息地融入陌生的土地、河流及人们的心灵。很简单（未必是想得简单），下雪比"融入"更直接，不过是一种天象，跟下雨、下雾类同。我之所以避开"下"，而刻意选取诗意的词汇，诸如：飘落、飞舞、旋转之类，完全是出于"弃之可惜"的情怀。为什么不呢？它似静而实动，似动而实静，何其神奇与曼妙。事实上，雪自天宫来，应知天宫事，却并不急着以天道天理教诲芸芸众生，而是飘飘然，翩翩然，努力在空中尽情地玩耍。宛如木兰从军，数建奇功。意兴勃勃的时候，我甚至会自上而下盯着一片雪花不放，缱缱悠悠，它几乎一飘即是一生，一生即是一飘，特别令我惋惜及悲悯。

相比之下，人真是幸运得多了。至少，人生几十年，四季轮回，而雪花只那么个快活的片刻。忽然想起余杰的《火与冰》，不妨篡改其中的一句箴言：如果爱，请给雪花一个容器。这个容器，其实就是时间。

晚来天欲雪，能饮一杯无？

幸运归幸运，却不能得意。聪明的人，不但不得意，还自觉地向雪花学习呢！学什么？当然是学雪花的承载，同时学雪花的温存，尤其是学雪花即使远离自己的家园也一定要惠泽别人的家园的担当。这种精神上的忘我，化育了万物的生命及生命的崇高意识、意味与意趣。在雪花的身上，我们看到了美好，看到了因为雪花美好而变得美好的岁月。尽管我们追逐的雪花什么也没有留下，仅仅给世界一个晶莹剔透、潇洒自如的印象，终究还是虚幻了，虚到寂，虚到无。

雪花可以登庙堂之高，可以临江湖之远。飘飘洒洒，落到诗人怀抱，便是"千里黄云白日曛，北风吹雁雪纷纷""莫愁前路无知己，天下谁人不识君"；落到枭雄眼前，便是"黄狗身上白，白狗身上肿"。出门一吆喝，天下大一统。雪落在民间，落在大街、小巷，就"瑞雪兆丰年"了。而一旦被污，则羞愧难当，恨不得立马销形匿迹……

又见窗外雪花。都说天上的星辰多、地上的草叶多，天地之间，最多的莫过于雪花。一场暴雪，全覆盖，没商量。有人喜欢踏雪寻梅，有人喜欢烹雪品茗，有人喜欢雪夜读情书，有人喜欢雪晨买豆浆。我这个自作多情的中年人呢？样样都喜欢。

然而，我更喜欢透过双层窗玻璃，看"风吹雪片如花落"。深深浅浅，痴痴缠缠，那些人世间的利害、得失、荣辱，已经不翼而飞了。恍然间，我成了杞人，忧心忡忡，生怕漫天的雪花顿作漫天的雾霾。苍天啊，大地啊，请不要让我的伤感，去触及我的伤痛！

在东北，在长春，飘过几场雪花，便隐约可见春节的影子了。近日，小学、中学同窗发来邀请。无论怎样，我首先要去拜谒父母。他们的墓碑立在松花江畔的南山陵园，我将一如既往地带着晚辈及白酒、糕点、水果、鲜花，跟地下有知的双亲说说话，想什么，说什么。

——北风那个吹，——雪花那个飘，

——雪花那个飘，飘……

少 年 心

昨晚的梦境里，我手持一把利剑，破空而来，英勇奋战。我的敌人是云朵，是一片片云朵幻化的一条条鱼。鱼在我的头顶上飞，我挥舞利剑，把鱼杀得七零八落，惨不忍睹，然后绝尘而去。很江湖，很少年。

怎么会这样？醒来瞅着天花板，没有答案。

恐怕是与心境有关吧！

偶然的机会，在电影频道看了《致我们终将逝去的青春》，枝枝蔓蔓，细雨柔风，既不惊世也不骇俗，却搅动了我的缱绻情肠。我的青春比那些演员老，甚至比那个故事老，但我还是被真挚与真切的片子缠绕了，心中泛起涟漪。

都说青春好，咋好也好不过少年。同样是草木，少年更稚嫩；同样是花卉，少年更清纯；同样有追求，少年不彷徨；同样有向往，少年不忧伤……

长春电视台给我搞了一个专题片，名曰《面孔》。家里拍完了拍单位，图书馆拍完了拍资料室，又是染发又是剃须，又是衬衫又是 T 恤，好一番折腾。节目播出后，外人抬举我，我却不是滋味，因为画面里基本就是一个假人，假模假式的样子及做派。

想当初，少年的鲁迅和闰土，何等率真，何等挚切，苍茫的岁月却把"迅哥"变成了"老爷"，把"戴银项圈的小英雄"变成了"仿佛一个木偶人"。

最是人生路漫漫，无奈回望情依依。

在我的少年时，学习与读书不成风气。那么，想出人头地，我为自己选择了两条路。一是拉二胡，一是练长跑。拉二胡是兄长引领，练长跑是自己投入。学校的文艺会演，我的二胡独奏《金珠玛米赞》获得热烈掌声；春季长跑赛中，我以年级第六为班级赢得了荣誉。如今回首往事，不足为道，一颗争胜的心留在了少年。

前几天，我去参加吉林省楹联家协会成立 10 周年庆典，一路寒风刺骨，我却别有情致地聆听脚下踏出的雪声。忽然联想到，少年时的我在风雪弥漫的那个冬日，跟同学去郊外的老乡院子里折秸秆，准备扎个鸟笼，却险些冻掉了耳朵。

还记得一次，跟楼下的孩子吵架，我骂他爸是叛徒，骂得那小子哭咧咧地走了。晚上，他妈找家长告状，吓得我躲在墙角里哆嗦。他爸其实是地下党，孩子不随他的姓。此后，不知底细的事，我则不敢评说是非了。

皆为 40 年前的记忆，无关乎紧要，却终生不忘。一场梦，把我带回少年。

1976 年的时候，我 17 岁，拖着少年的尾巴。9 月份，毛主席逝世,令我悲痛万分,跟着大人的队伍进入化建俱乐部吊唁堂,泪水涌出了眼眶,哭了。12月份,部队来学校征文艺兵,我兴奋地报了名,结果连边儿都没沾上,失望袭占了心头,疼了。

自古英雄出少年,道理明摆着呢!

除了童年,少年是离生命源头最近的码头了。也就是说,它比青年、比中年、比老年更接近生命的本质。那种接近本质的激情与热情,鼓胀着生命原始的冲动与力量。人,成长的过程其实也是远离本质的过程。有时,我们哭或笑,得意或失意,那种由衷的呈现十分灿烂,可惜被一抹而去……

认不认命?另说。没了少年心,世界不太好玩了。

接近朗吉布措

在缺氧的日喀则，我很快就现了原形。不，我的原形是丢盔卸甲吗？是垂头丧气吗？肯定不是，至少不应该是。却没有办法，整个人的状态一塌糊涂，我只好向采访团告饶，孤零零地赖在宾馆床上等候他们三天后归来。何止头疼，身上的骨头和肉全疼。晚上吸一袋氧也未解决问题，便有些绝望了。我就这样绝望下去吗？不知道，但我得活着。

除了活着的信念，我差不多都要放弃了。昏昏沉沉中，手机响了，是采访团团长。先问安，然后指示我明天到吉隆沟会合，特别强调那里的海拔在2800米左右。熬了一夜，第二天上路，颠簸又折腾，苦不堪言，内心冀望着图画一样的"天然氧吧"。落脚在吉隆沟之后，果然我又是我了，于是思绪又飘浮起来。一个个亮点，缤纷着我的视野，幸好凝结在朗吉布措上了。

哦，朗吉布措，藏语，意为幸福之湖。

车遂人愿，沿着曲曲弯弯的盘山道一直把我们送到拉朵拉山腰部。想去揭开湖的面纱吗？只能把心愿暂时交给脚步。性急的同伴，已经向上攀登了，我仍在迟疑。司机怂恿说，翻过这座山，再往下走一程，就可以看见朗吉布措女神了。我抬头，朝山顶望去，在蓝天白云的大背景下，经幡迎风猎猎，格外耀眼。我奋力一步步地接近，且走且停，且停且走，上气不接下气。终于蹭到山顶，我几乎半死了，而"女神"连个影子都没瞧见。世间多少爱，都在迷幻中。舍则退却，取则继续，取舍维系一念。犹豫之际，有人递给我一根树枝拐杖，那还说什么呀？继续前行。终于，朗吉布措恬恬静静地出现了，莹莹绿绿，像久远的翡翠？像羞涩的美人？……不不，所有的比喻都免不了尘世的俗气。它就是一片微波不兴的高原湖，那么幽深，那么纯净。我半生里访过一片又一片的湖，比幽深和纯净，它绝对首屈一指！

　　从湖的角度看，它也差不多是天下最小的水域了。以我的目测，长约300米，宽不过200米，半个小时即可转遍整个的湖。够精微了吧？如此微缩的小湖，若在一望无际的平野地区，恐怕早就不复存在了。然而，在青藏高原得以永远似的闪烁着。没什么奥妙，湖的周围是山，山的远方是冰川，冰川长年融水，形成数条瀑布，源源不断地供给着它，其景观相当壮丽。而湖的下端，也飞流直下，滋养着生生不息的山林、土地与天然牧场。实际上，直接受惠于湖的不过是拥有180多户人家、400多口人的扎村。那里的藏族子民，视朗吉布措为圣湖。圣湖是什么？圣湖分明是每一滴水都能够带来安康和吉祥。他们不是心里想想，嘴上念念，而是每次转湖时，必然十二分虔诚地在头部洒洒水，胜似阳光和雨露。

　　据悉，我眼前的湖光山色，已经不是从前的模样了。去年

4月25日，尼泊尔大地震，及至这里7.1级，瀑布景观消失，致使水位下降了20米，飞流直下的河道也没了踪影。此刻，我伫立湖畔，环顾四处，净是油黑的泥土、青嫩的野草、泛白的石头和开满枝头的杜鹃花。亦真亦幻，宛如仙境。淡紫色的花，很夸张地绽放，香气也浓郁，让人十分舒爽。对，花在这里是一树一树的，而不是一丛一丛的，树形低矮且茁壮，像极了长白山的岳桦。凑近花朵，我贪婪地嗅起来。恍然间，我似乎嗅出了遥远的家乡的味道。

跟那些人工湖不同，天然形成的湖往往都有一个或几个神奇的传说，朗吉布措也不例外。游客千里万里、千险万险来与湖相知或相许，尘世的那颗心一定要沉下来，静静地，静静地，化作一缕风或者一片云。来此之前，李白那句"不敢高声语，恐惊天上人"，已经灌入我的头脑。比李白还浪漫的人，甚至弄出了个"呼风唤雨"的弥天大谎，说如果在朗吉布措大喊大叫，便会雾聚云集，骤然落雨。我们在湖畔徜徉的时候，云缠雾绕，万千气象，仿佛一招手，幸运就来了。有好事者就在我的身边，他叫喊着一试究竟，却只闻回音，未见应验。倒是两只黄鸦，忽左忽右，忽高忽低，如同忠于职守的保护神，十分殷勤地盘旋着、巡视着……

湖水美，美在静。我正忙着过眼瘾呢，藏族小兄弟普尼扯动我的衣襟，提示道：看朗吉布措，主要是要看它的倒影。放眼望过去，哪有什么倒影啊？他又自顾自地说，当地老百姓来此地挂经幡、献哈达、围着湖转，其实是向水中的黄牛祈雨。水中有黄牛吗？谁也没见过，谁都相信有。但是，他们时常可以看到彩虹，彩虹就是他们的吉祥。2012年，一位游客拍摄彩虹时，偶然发现湖中的倒影美妙绝伦，竟有一尊观音菩萨像。普尼见我疑惑，马上掏出手机，将存下来的照片一张张地展示给我，有七分形神了。我仍旧疑惑，都是在这里拍的吗？他就指给我湖的对岸。我顺着他手指的方向，迷离复迷离。他又蹲下来，那眼光仿佛真的看到了佛。他又补充说，天好的时候会清晰些，心里有，眼里就有了。这般说来，取决于缘深缘浅？已经在另外的层面了。

原本不是朝圣者，而执意看湖，更可能是来看那个隐形的我。或此或彼，我忽然间走神儿了，幸好定格在那首著名的诗歌《见与不见》——"你见，或者不见我，我就在那里，不悲不喜。"传说，仓央嘉措曾问佛："如果遇到了可以爱的人，却又怕不能把握该怎么办？"佛回答："留人间多少爱，迎浮世千重变。和有情人，做快乐事，别问是劫是缘。"

我好像一下子就说服自己了。在日喀则，甚至在青藏高原，那么多有名无名的湖，我偏偏选择了朗吉布措，并且以危及生命做代价接近它。冥冥之中，我是要把灵魂寄放在这山清水秀的福地吗？是，抑或不是？

翻过拉朵拉山，朗吉布措就在那里，不悲不喜。

一步之遥

从健康的角度看，我对自己的身体还是满意的。往回想，应当感谢父母，给了我优良的基因与成长的呵护；同时，也感谢岁月，没给我残酷的压迫与折磨。众所周知，健康的密码不在哪个人的手里，只好尽量顺着身体来，好坏听天由命了。

实际上，我对自己身体表面上知冷知热，实际上不知根知底。

所以怕透支，怕伤害，意欲赴藏踏访，在脑海里转悠了几十年，一直未能成行。2016 年 5 月 11 日 8 点 10 分，我乘坐的航班终于停降在日喀则机场。走出机舱，天高地阔，竟然如沐春风。然而，得意归得意，却不忘形。我向前且轻且慢地放步，任凭接待者远远地摇动手臂，依旧企鹅一般。对于外乡人，日喀则缺的不是热情，而是氧！

提高警惕，保卫身体。

在宾馆，草草吃过早餐，遵命回房休息，以便适应接下来的日程。怎么休息呢？人家交代得很具体也很明白。于是，床卧了一上午，水喝了一上午，电视看了一上午。午餐时，彼此见面，谈笑风生。下午照旧休息，防不胜防，高原反应如期而至，整个身体逐渐陷入莫名的黑暗包围。愈演愈烈，情况明显不妙，晚餐后径直去服务台要了一袋氧气。药继续吃，水继续喝，电视却不能继续看了。脑神经紧一阵儿、松一阵儿，一阵儿一阵儿疼得厉害，眼睁睁地盯着另一张床上的蓝色氧气袋，却不知怎么使用。两三分钟工夫，有些挺不住了，于是打电话叫来服务员。服务员弄了半天，竟也弄不出效果。她又出门去，叫来一位岁数大些的男服务员，他当仁不让，颠来倒去地试，还是难以如愿。以为氧气袋坏了，再换一个，仍不顺畅，最后他捧着氧气袋，双手左挤右挤，总算是把一袋氧气"挤"进了我的鼻孔。好转了吗？真没有。无奈，只剩下喝水一招了。喝来喝去，尿来尿去，整个夜晚折腾得七零八落。第二天早晨，完全不见我本来的面目了，身体是疲弱的，思绪是凝滞的。日喀则海拔3800米，要去的萨嘎海拔4500米，该出发时，我试探着问领队："我不去了行吗？别给大家添麻烦。"

"去不去你自己定，还真不是麻烦不麻烦的事。"领队见我一副可怜兮兮的熊样了，大发慈悲。

那我就不去了，不再折腾自己了。回到房间，昏头胀脑的，坐也不是，躺也不是。是发烧了吗？额头颈部都不热，却难受得要命，欲哭无泪的那种感觉。吸不吸氧了？不吸了，跟自己较劲似的。我万里迢迢到日喀则又不是吸氧来了？什么用也没有。半个月前，我就吃上了红景天，一天两次，一次两粒，包括高原安，结果怎样啊？不怎样！

越想越生气，连午餐也想取消了。又不能取消，怕支撑不下去。按计划，采访团三天后回来，我得给他们个好状态呀！于是，到一楼的自助餐厅要了一碗面条。正没滋没味地吃着呢，来电话了，要带我去街里吃，问我吃什么。我说我不舒服，吃完面条回房间休息，哪儿也不去了。

这么个态度，对方恐怕更"不舒服"，理解哈！

傍晚再去餐厅，居然闭着灯呢！问总台，告知三楼有个婚宴，都在那里忙碌。那我怎么吃饭啊？深呼吸，浅呼吸，不知如何是好。服务员体谅我，建议订餐。我便毫无选择地订了一碗水饺。妈呀，等水饺送到房间，我傻眼了，水饺跟馄饨一样，怕腻腻的偏偏是腻腻的。我没脾气了，勉勉强强咽进去 10 个，索性弃置桌边了。怪谁呢？怪也得怪自己。此刻，惨败的我，双手摩挲面颊，忽然间思亲想家了……

人啊，缺胳膊缺腿没什么，哪怕缺心眼儿，就是不能缺氧。氧一旦撤退，人就不是人了，所谓"生死之外无大事"。

还好，正当我陷入绝望而无法自拔的时候，手机响了，采访团领队指示我，明天有车送我到吉隆沟，那里海拔 2800 米，是个天然氧吧。真的吗？我一下子精神了许多，如同心生翅膀，飞翔在"黎明前的黑暗"。何止是这个夜晚，连第二天一路的颠簸也被我忽略掉了。忽略不掉的是车进县城后陡然无法控制的呕吐，以及县委副书记递过来的那只茄梨和他事先冲好的茶水。

缺氧到底是种什么滋味，确实不大好说。昏沉沉的，干咳，比感冒难挨，半死不活的状态。导致人总往坏了想，要么肺部感染？要么肺气肿？事实上，已有两位同伴抵挡不住，乖乖回了老家，此举被戏谑为"西藏一日游"。我年轻的时候，吃过肺病的苦头儿，所以坚持中隐含着诸多不可言传的担心与忧虑。

下一个逃兵，是我吗？

山清水秀的吉隆沟，及时给了我一个复活的机会。我是说，我整个的身体和神经在这里及时地复活了。晚饭后，我居然可以悠闲地散步，并且仰天望云了。静以修身也好，俭以养德也好，原来沉潜的记忆，此刻花朵般地绽放。不，更像一条溪水，潺潺流自心底，流向远方及至远方的远方……

再次遭受缺氧的侵扰，已经是在海拔 3700 米的布达拉宫了。此前，安然睡了一夜好觉，我又得寸进尺了。早早地起来，去户外看清晨的拉萨。信步走在街头，树绿、花红、阳光暖，一处一处的景致，渐次引发着我内心的诗情画意。不过，还是及时收了，我没多少时间如此任性地放纵自己，更让我向往的是拉萨城内那座壮丽的布达拉宫。

可惜，当我随着人流来到广场，身体已经不怎么听使唤了。我不死心，努力挑战缺氧的身体，一步一步地行进。终于从布达拉宫的底层艰难地攀上了顶层，又从顶层艰难地回到了底层，两三个小时里，了却我太久太久、太痴太痴的执迷。导游像蛇一样蹿来蹿去，我奋力追随在他的左右，看身旁的善男信女满怀虔诚地祈祷、诵经、施礼、捐钱……我只有私下里组接眼前看到或耳边听到的那些支离破碎的片断。片断，能够组接成真实且真切的历史吗？毋庸讳言，要是有人问我布达拉宫的印象，除了外部建筑造型，我恐怕答不出什么来。要脸面，只能自欺欺人地卖弄道：我好像在里边见到了"五世灵童"，就是那个渴望自由与爱情的仓央嘉措。别怪我好吗？别怪一个因缺氧而几近崩溃的旅行者。

幸好,逗留西藏七日,略有所悟:人生额外的事情不如放下。看天天失意,看地地失意,实际上来源于自己……想多了。想多了没用,镜花水月,一缺氧,便万念俱灰。活着,乃人的底线。

经验告诉我,人跟"缺氧"斗争,劳绩茫茫,几乎就剩下身体了。头疼,脚疼,屁股疼,丢下全世界,丢下风雨雷电,原来生死只是一步之遥。哦,一步而已!

到白山去

一

6月，不到白山去，又能去哪里呢？尤其是我。

白山白，白成什么模样，望一眼海拔2690余米的长白山主峰便了然于心。以山立市，黄山可鉴，白山步后，终未如愿。似乎多了一个长字，那就删除它。1994年4月，由浑江而白山，长白山的气势与底蕴都在里面。即使是徒有其表，却也"白云峰一样"白得圣洁，不失尊崇。

因为有山，人们习惯了登攀和临转；因为有水，人们习惯了逆水和顺流。生生不息，代代递接。

据悉，早在新石器时代，位于吉林东南边地的白山就有人类活动了。薪薪火火，不妨把目光从远古拉回到现实，白山人赖仗着丰饶的"立体资源宝库"，其生长历程、生产方式、生活内容、生命意识都伴随着绿色绵长和绿意涌涌。而当下的白山，下辖临江一市，浑江、江源二区，抚松、长白、靖宇三县，拥有 17485 平方公里土地和 130 万人口，共汉、朝、蒙、回等 37 个民族。这，是我能够说清的数字。其实，白山是个谜。谜面是山，或者是水，谜目是山水的通道，而谜底深藏在白山人的心中。白山人喜欢沉默，沉默地笑，那张底牌在心中浮游且闪耀。

闪耀在我眼前的呢，却是一片绿，一片一片的绿，莹莹的，碧碧的，无异于身边的树木，或此或彼。

曾经，作为白山形象的评审委员，我在芸芸作品之中，毅然选取了"在白山行走，为绿色停留"的宣传语。我知道，我有足够的理由。

到白山去。到平畴沃野、江宽河长、峦叠岭峭、草茂花盛的白山去！我迷恋这样的白山，视白山为放浪形骸的理想国。哪怕纯属于我自作多情。

白山的私藏，说厚也厚，何止一座长白山？何止一条鸭绿江？当然，说薄也薄，无非一白一绿，无非一静一动。

既是一种精神，白就白到山顶；也是一种情怀，绿就绿到水底。

山顶与水底之间，白山绿梦，葳蕤无际，所谓向未来要希望，所谓向希望要未来。

当我走进这里的山水，这里的山水也在走进我。恍兮惚兮，同如庄周与蝴蝶。

在江水的流动中，我看到了一个亮丽的白山；在参花的绽放中，我看到了一个摇曳的白山；在英雄的气概中，我看到了一个倔强的白山；在百姓的笑意中，我看到了一个温存的白山……

那么，请覆盖我吧，让我变成一个快活的孩子。

二

不说长白山，不说。不说白山的最高、最壮、最奇、最美。

无语的长白山教会了无语的我。

有山必有石，有水必有石。

石是山水的魂。

一花一世界。不，一石一世界。幸好，江源给了我一个进入的角度。

石者，松花也。

追根溯源，松花石的生成有 18 亿年的历史。实际上，它是由于海相运动过程中淤泥留在海底，又经过冲撞、挤压、沉积后形成的。其中，主要的成分是石英、云母、黏土和部分金属矿物质。

而在东南边地，首先开启人们心智的是砚，名曰松花砚。石，只是有一种材料，所谓原石。手艺人从原石的打磨中"揪"出了砚，外达中通，直逼肇庆的端、婺源的歙，康乾二帝视为"大清国宝"。于是乎，优者为贡，余下散落民间。终于封禁，待山令解除，已逾三百春秋。20世纪80年代初，经多方努力，松花砚重放异彩。

奇石睡在原石里。

逐渐地，有"识"之士自觉地加入有"石"之士，队伍日益壮大，奇石脱颖频出，呈现泛漫景象。

而资源与品种突出的江源，理所当然地成为"中国松花石之乡"。在宏大的以松花石文化为主题的中国松花石博物馆里，展示着数以千计乃至万计的艺术品，在灯光和背景的映衬下，绿衣天姿、紫袍玉带、黄金裹玉、木纹、虎皮纹、核桃纹，令人目不暇接，驻足流连。似锦缎，似云霞，似奔马，似睡蝶，似一帆风顺，似人生几何……真的是，要多奇妙有多奇妙！要多神灵有多神灵！

十分开眼，开心智。

我是沉醉过的，每一次沉醉都是新感觉。

石，就是石，混沌、粗豪、放达。何须向玉讨巧，譬如精微、细腻、圆融，赖以雕琢。

松花石，尤其自得。

目前流传的一种说法是：江源人由于生活在中国松花石主产地，觅石、赏石、爱石，由来已久。现代的江源人仍然保留着尊敬石头、崇拜石头的习俗，把造型神奇、质润色美的松花石当作"镇宅、避邪、纳福、呈祥"之物。

石不能言，赏家有赏家的趣味，藏家有藏家的道义。

奇石成全了不少商人，也满足了不少文人。我认识一个半商半文的友人，藏着形似孔子、庄子、苏东坡和鲁迅等一系列大人物的奇石，很有些样子。见到真品的时候，我都傻了。傻了，他也不肯搭理我，自顾看自地得意。

三

临江，临江，临近江水。江水是绿色的，而记忆是红色的——红色百年。

1927 年的春天，日本帝国主义侵占了朝鲜，又觊觎中国，用尽各种手段，非要在一江之隔的临江设立日本驻安东领事馆帽儿山分馆，为其在东边道的殖民统治安置据点。山雨欲来，临江的 10 万人民血脉偾张，同仇敌忾，与侵略者展开了顽强的斗争。斗争持续了两年，同时得到了东北以及全国人民的大力声援，致使日方的设领阴谋最终破产。这场艰苦卓绝的斗争，历史上认定：是九一八事变前东北边疆反战的号角，亦即当年"反日运动的转折点"。

另一个转折点，便是解放战争中的"临江保卫战"。

时间定格在 1946 年的冬天。12 月 11 日至 14 日，围绕着主力部队是留在南满坚持斗争还是撤到北满保存力量的大问题，时任南满军区司令员萧劲光和政治委员陈云组织召开了军区师以上干部参加的"七道江军事会议"。会上，大家群情激昂，各抒己见，争执时断时续，陈云最后做出结论："我们不走了。一个纵队也不走，都留在南满当孙悟空，在长白山上打红旗……"1947 年 2 月 17 日，保卫临江打响了第一战。接着，第二战、第三战、第四战，直到把国民党 10 万兵力打得落花流水、全线崩溃。四保临江，无疑为加速东北和全国的解放奠定了基础。

历史，燃烧着这片土地上的血与火。

几十年后的临江，这片红色土地正在积极地前所未有地实施着绿色转型，已呈现大好局面。

花山镇老三队村乃临江的一个细部，尽管我是蜻蜓点水，却也水光潋滟。于潋滟的柔波里，挂着醒目的招牌：彪哥煎饼。简单四个字，凝缩着不简单的意味。匆匆奔过去，深入屋内，一片妇女的笑脸及笑声。递过来刚刚刮出的煎饼让我品尝，果然又薄又脆又香。嘻哈之间，脑袋出幻觉了，自己竟然一身军束，不由得唱道："送给咱亲人解呀放军，哎咳哎咳哟……"

四

长白县境内，排列二十四道沟，沟沟藏着精华。

十五道沟是典型，堪称代表，所谓"南有九寨沟，北有十五道沟"。

不是吗？一进入景区，完全换了个人。先是打着伞的，伞外细雨霏霏。走着走着，伞也不知哪去了，沿着蜿蜒的小路前行。更贪婪的是耳目，听惯了市声、看惯了市容的耳目，在这里忽然变得聪明，耳之聪，目之明。

一幅幅的山水画卷，一处处的艺术灵光，千柱峰、石柱崖、母子瀑、九霄天梯、密林栈道……

我是在梦里游荡吗？游游荡荡。不，眼前是纵横的山、交错的水，山山水水皆生动，完全进入美学范畴了，完全升华到哲学意味了。不，水山即美学、即哲学。我尤其倾心于"天书成册"。石柱整整齐齐，如书书拥挤。哦，我终于找到了阅读白山的一个入口，并由此展开我无限的情思。

辛弃疾显然比我更痴缠：我看青山多妩媚，料青山看我应如是。

是？还是不是？

在山水这幅画卷里，人呢？不过一粒红尘！

沉沉的十五道沟，霏霏细雨，做着轻轻的好梦，一如望天鹅……

五

人生，接近花甲，到底想要什么呢？

若能清俭内心，一切兴许安宁。

步入清清爽爽、松松软软、逍逍遥遥的孤顶子村，方才得知，它竟然就是传说中的锦江木屋村。村，从古到今，一直袭用，诗情画意贯注。五言句屡见不鲜："暖风医病草，甘雨洗荒村"，"舟船如野渡，篱落似江村"；七言句更加俯拾皆是："借问酒家何处有，牧童遥指杏花村"，"山重水复疑无路，柳暗花明又一村"。

毋庸讳言，烦扰半生余，逐渐地，我的骨子里愈发向往古代的那种散漫、散淡、散仙的无目的生活。

不容易，看似低调，实则奢华。

锦江木屋，给了我再一次冲动的机会及怀想。

从50岁开始，我想明白了许多。该抓住的，我要拼命抓住；该放弃的，我要尽量放弃。人只活一生，知天命的年龄，还在玩万花筒的把戏，没意思了。什么是有用？什么是无用？萦绕于怀而且未曾实现的一件事是去乡下教学。实际上，作为离开10年的知青，我在1987年回访舒兰县平安公社永和大队时，便萌生了晚年去那里教书的念头。说不清的一些原因吧，再也没有踏进我的第二故乡，尽管去乡下教学的梦想时常闪烁。而眼下，我已经望得见曾经模糊的退休线，宛如我已经望得见曾经模糊的地平线一样。的确，我辛劳过了，我苦恼过了，为生计，为名誉，数十年里，几乎废掉了血肉的我、核心的我。

不是去做陶渊明："晨兴理荒秽，带月荷锄归。"不是去做白居易："远芳侵古道，晴翠接荒城。"

而是去做一个义工，教育的义工。

这个义工将在安适、恬静、充盈的背景下施行。

的确，这里是一个可以让人放低身价和骄慢的所在，低到山野，低到村庄，低到生命的基因与基调。质感的生长历程、生产方式、生活内容、生死意识伴随着绿色绵长及绿色汹涌，一切都在时间之下，一切都将化为恒永的岁月。

同为中国最美的古村落，我前年去了远在天边的白哈巴。在主人的毡房里，我一连喝了三杯奶茶，深深感染着牧民的真情。暗忖，村里需要我吗？需要的话，就把讲台安放在西北第一村，我愿意跟图瓦人共度日月。现在呢，我又来到近在眼前的孤顶子。新建的木屋（木刻楞），一座座，一排排，完全是老旧的模样，套话叫修旧如旧，是文物级。正是吃午饭的时候，东家豆腐，西家豆浆，串过两三家，就半饱了。试探着问村民，租一间木屋多少钱？她说好些的要四百，差些的要二三百。她肯定当作游客住宿了，回答我的是一天的价格。

怎么跟她说呢？

很想告诉她，我要长年居住下来，租个普通民房，趁我的思维、心智、手脚还都算好，在孤顶子弄个辅导站，经常性地给孩子们补一些基础教育课程：数学、语文、外语、植物、动物、人物。

做个——纯简的人。

我所说的纯简是纯粹、简约。

这个当口，手机里忽然传来一条微信：山月不知心里事，水风空落眼前花。我是不是没戏了？

六

我遇见英雄了！不错，我遇见的仍然是英雄的雕像。

他叫杨靖宇。

对，他从前叫马尚德。崇尚的尚，品德的德。

雕像矗立在英雄殉国的密林里，即杨靖宇倒下的地方，浩气冲天。旁边，伴着一棵挺拔的沙松，以象征的名义唤作常青树。天空朗阔，林海苍茫，只为衬托一个英雄，仿佛。

默默地鞠躬。一鞠躬……二鞠躬……三鞠躬……

请允许我郑重截取一段英雄简介："杨靖宇（1905—1940），原名马尚德，字骥生，汉族，河南省确山县人，中国共产党优秀党员，无产阶级革命家、军事家、著名抗日民族英雄，鄂豫皖苏区及其红军的创始人之一，东北抗日联军的主要创建者和领导者之一。1932年，受党中央委托到东北组织抗日联军，历任抗日联军总指挥、政委等职。率领东北军民与日寇血战于白山黑水之间。他在冰天雪地、弹尽粮绝的紧急情况下，最后孤身一人与大量日寇周旋战斗几昼夜后壮烈牺牲。"

时年，35岁。

牺牲前，大致是这样的细节——由于叛徒出卖，抗日联军被包围起来。杨靖宇坚持让主力部队转移，而自己领着一小支队伍牵制敌人。连续战斗了三天三夜，身边只剩下两名小战士。安顿他们休息后，他一步一步地向屯子走去，想弄点儿吃的，却被叛徒出卖了。敌人蜂拥而上，杨靖宇狠狠地射击，直至剩下一颗子弹，朝自己的太阳穴开枪，吓得敌人目瞪口呆。

更令敌人目瞪口呆的是，当他们给杨靖宇破肚开肠，里面竟塞满了草根、树皮和棉花……

我仰望着叱咤风云的雕像，久久追思。蓦地，我的脑海里浮现出另外一位将军，比杨靖宇大 11 岁的叶挺。皖南事变中，他被国民党关押在重庆狱中，百般威逼利诱，叶将军以《囚歌》明志："我只能期待着，那一天 / 地下的火冲腾 / 把这活棺材和我一齐烧掉 / 我应该在烈火和热血中 / 得到永生。"

杨将军和叶将军永生。不死，不苟且。

6 年之后，英雄洒血的蒙江易名靖宇，以示纪念。

后代，后代的后代，一代一代的靖宇人，凝心聚力，奋发图强，不辜负先烈的英灵。

七

到白山去。到白山的临江、浑江、江源、抚松、长白、靖宇去。去那里濯濯足，去那里洗洗心。

白山是一部大书。每一个章节，每一个页码，乃至每一个标点符号，都令人赏心悦目，令人生发意犹未尽的爱恋及想念。

尽管,我还清醒着。在广袤、丰饶的白山,我充其量是一片云,一片过客的云。

而有时,我会恍惚,会感觉白山在我的呼吸之间,云一样飘起又落下、落下又飘起。

其实,我更会经常性地把白山想象成一片海。在绿色的海洋里,花朵的心思才掩饰不住呢,也无须掩饰。就那么放肆地红给你看、蓝给你看、橙给你看、黄给你看、粉给你看、紫给你看……盛装演出似的,合谋着一个又一个争奇斗艳的季节。

2300 余种植物中,无花族极少。有花的植物,漫山遍野地跃动着,跃动着,纷纷"花"给你看,无垠的花海……

我在白山的花香四溢的山水画卷里,看到起伏了,看到跌宕了,看到平平仄仄了。

耳边,忽然响起那一首流传至今的罗马古歌——

如果你找到的比我好,那就忘掉我;如果你找到的不如我,那就记住我。

白山啊,如此明快,而又如此透亮!

回 吉 林

　　荏苒光阴，思亲的动念似乎仅存一只硕果：回吉林。且慢，应该在吉林后面附着个市字——吉林市。不然，身在吉林回吉林？说出口来，本省人明白，外省人却多半要糊涂了。申明一下，我的老家吉林，跟长春、四平、通化、延吉等一样，均为吉林省的一座城市，不过是省市同名罢了。

　　吉林的山水，命定了我的人生基调。17岁时，户口迁出老家，先以知青身份落户舒兰，后以大学生身份落户长春。身在异乡，心系故乡，离别与重逢，使我尝尽了独自漂泊的滋味。所以，我深深地领会"却看妻子愁何在，漫卷诗书喜欲狂"的杜甫，也切切地领会"王师北定中原日，家祭无忘告乃翁"的陆游。而且，再三再四地觉得，比起那个贺知章，我足够运气。即使他随意写下来的幽默文字，也流露出满怀的辛酸情愫："少小离家老大回，乡音无改鬓毛衰。儿童相见不相识，笑问客从何处来。"

　　没有谁知道，我40年里回吉林多少次了，本人也无法抑或无从追忆。能够肯定的是，40个春节，我无一例外地回吉林，回到亲人身边，无论之前在哪里。不错，有他们在，就有幸福在。实际上，父母活着的时候，我是能回则回，能多待则多待。他们去世后，哥哥、弟弟、妹妹及其晚辈依然亲密，期望时常团聚，我一如既往。血浓于水嘛，春节是我回吉林的信号，遥远而闪亮。

吉林多么好吗？东京、首尔、巴黎、罗马、纽约、华盛顿、伊斯坦布尔等国外名城璀璨夺目；北京、上海、天津、重庆、深圳、哈尔滨、乌鲁木齐等国内都市熠熠生辉。跟诸多"大巫"相比，吉林恐怕连"小巫"也够不上，何止是逊色？何止是黯淡？然而，这个"凡心所向，素履可往"的地方，乃我的摇篮，乃我的码头，乃我的护身符，乃我的避风港湾。缱绻悠悠的吉林，经常附在我的耳边说：你再不来，我就要起风了、落雨了、飘叶了、飞雪了。

天下游子，最听不得的，便是那一声回家的召唤！

童年以及少年，我的生活维度在松花江的北岸，具体到铁东和新吉林两个街道，统为龙潭区。那时候懵懂，视界窄，以为再远一些的北山公园、江南公园、丰满水电站即是最好的去处了。学校组织活动，我次次不落，十二分亢奋。多少年后的今天，景点开发一个又一个，一个胜一个，游归游，没意思了。意思？意思深藏在心里头呢！千好万好，不如家好，穿过那些楼宇、树木和似曾相识的风花雪月，放也放不下的是我吉林的老家。普普通通的一个家，令我魂牵梦绕。那么，家里有什么呢？父母的关怀与照料，随着他们的离去而离去，我是在温故一枝一叶的细节吧；手足的体贴与帮助，随着他们的遥远而遥远，我是在回味一丝一缕的气息吧。

父母有父母的饭菜香，手足有手足的情意浓。

幸好，我能够回得去……这样的吉林。

大地上的吉林，是个历史悠久、文化深厚的概念。山为尊，水为长，以山水闻名遐迩。康熙帝的《松花江放船歌》，昨是今非，也许入不了游客的法眼。那么，冬季到吉林看雾凇吧，赛过神仙了！这么一说，我小时候已经又神又仙了呀！慢慢地走在江边，无穷的雾凇，无穷的美。不过，谁叫雾凇啊，直接叫它树挂。最难忘却的，便是家附近的灯光球场。春、夏、秋三季的傍晚，孩子吃过饭，常常去那里候着了。玩玩耍耍、推推搡搡，好一番热闹。不多一会儿，夜幕降临，要么看一场精彩的篮球赛，要么看一场露天电影。冬天，大雪初霁，堆雪人、打雪仗，或者安安静静地在雪地上踩出心中的美丽图案。二十几年前，我特意去那里转了半天，已是一片挤挤挨挨的居民住宅，不复平平展展、快快活活的往昔了。

灯光球场没了，旁边的独身宿舍、托儿所、浴池没了。家乡一处一处的旧貌换了新颜。成衣铺、大合社、水产部、拐角、邮局、派出所全没了，连我可以用一毛钱买碗四两米饭、一毛钱买盘白菜炒粉的饭馆也没了。我空空茫茫，只有默默接受。曾经的屋后的大河套甚至完全消失，那是我夏日里抓鱼、冬日里玩爬犁的场所。呜呼！

回吉林，悄悄地回，尽享一个人的逍遥及超然。当然，也不会像贺氏敬之《回延安》那般激动——"手抓黄土我不放，紧紧贴在心窝儿上"。吉林的新知旧雨，以百计，以千计，故乡之行多半是忽略不计。望天空的云、看街道的树、撩江中的水，细致入微地体察与感受我熟悉又陌生、陌生又熟悉的城市之新异，我的内心是安静的，因安静而美妙。开车回吉林的时候，兴之所至，我很愿意在吉林大街、解放大路、中兴路、郑州路和遵义东路兜兜风，它们通向我孩提时代的快活与憧憬。许多的景物，唤醒了我沉潜太久的忆念。有一天晚上，我开车沿着松花江畔的柏油路缓缓行驶，竟然迷失在流光溢彩的灯影中，直到开出郊外很远很远，不知今夕何夕？

难得迷失，我喜欢这样的迷失。

"人云锦城好，莫如回故乡"。天下故乡，恩宠怀抱。吉林似乎更加盛情，就那么水着、山着、美着、秀着，期待我这个怀揣秀美山水的游子随时回来，无论得失与荣辱，一如我心上的情挚意切的父亲、母亲和手足。

泪流满面

    人活一张脸。脸上，什么最生动呢？眼睛吗？不，准确地说，是眼睛里的液体——泪。

    视野里，脸庞或者脸谱，通常是无泪的，美丑明晰透彻。然而，泪一出来，就立刻模糊了。模模糊糊，甚至模糊了性别。

    泪眼看人，人则似是而非了。

    更少的时候，亦即心海涨潮落潮的时候，难抑难平，以至泪流满面了。或大得或大失，超出了预期与极限，失控的泪宛如失缰的马，拦是拦不住的。拦得住吗？我不知道有没有能力。

    细致地想来，泪流可以满面，绝对是幸事。倘若心中喜极、悲极，而泪腺枯瘪阻塞，流不那么畅了，才叫生命中不能承受之"苦"呢！

    如果说脸是心的说明书，泪便是脸的说明书。人生百种滋味，分别写得清楚，泪也及时助阵。毋庸置疑，心有多么难当，泪就有多么难当。我曾看过一个视频，母亲带着孩子上街，一路上只顾玩儿手机，结果把孩子"玩"丢了。呜呼哀哉，岂止泪流满面？以泪洗面又奈她何？四处追踪问迹，终于疯掉了。

泪附属于人，冥冥之中总是引导人的意识及走向。外事转化为内事，外情转化为内情，一旦触及柔肠，就不止痛快或痛楚那么简单了。惯于争霸斗狠的杜月笙洞悉滚滚红尘，思悟做人有三碗"面"最难吃：人面、场面、情面。他明里暗里是不是也泪流满面过？无从知晓。想必他醒得明白，所谓泪清泪浊，茕茕然，潸潸然，全在他的话下。

我一介凡夫，看得了人的好或不好，却看不得人的热泪与冷泪。所以，即便泪流甚至满面，也能躲则躲、能避则避了。记忆中，令我泪流满面的事，一个是妻病，一个是母逝，都是在痛定思痛的夜晚，孤单且无助的夜晚，俱往矣！我为自己而泪流满面，乃若干年前独自坐在长途客车上的那一次，颠颠簸簸中，莫名其妙地想到了死。是啊，如果我突然死掉了，亲人怎么办？友人会怎么样？一切的一切将怎么延续？

早些年，我正年轻着。知心知意的两个人相伴回乡，幸得松花江畔的美景良辰，沙滩上静坐，缱缱复悠悠，竟然一言不语。看天空，云卷云舒。那么，我是她的哪片云呢？积雨云吗？许久，她背对着我，轻轻地唱起了邓丽君的《除了你》，唱完了再唱，已经没头没尾了。我忍不住扳过她的脸，近乎泪人。我一下子懵了，片刻也被笼罩在云雾中。后来，她去广州发展了，无影无声的岁月里，云雾时常袭上我的心头，很亏空的感觉。散，也没有散尽。

"在别人的故事里／流自己的泪"，演员的职业控，远非我的长项。我也"花溅泪""鸟惊心"，我也"小楼昨夜又东风"，而身体蓄积的液体基本上化作尿排走了，化作汗蒸发了。不是说"曾经沧海难为水"嘛，彼水未必此水，却是同理，"水"少泪自然更少。拂去前尘，我最后这次泪流满面，是在 2018 年 8 月 24 日的上午，我们兄弟三人在吉林市南山陵园祭拜父母。事毕，我一个人伫立在墓碑前，恍然见到了双亲那慈祥的面容，思故抚今，历历在目，禁不住泪流满面……

谁没流过泪呢？人人有泪人人流，哪怕泪流到满面、到沾襟。歌坛大佬李宗盛，总是一副沧桑面孔示人。可是，那次演唱会上，甫一登台，观众的掌声和叫声雷雨般袭来，尚未开始《给自己的歌》的演唱，已然泪流满面。为什么会这样呢？这个擅长表达情感的词曲人，奈何心头往事无法言说。仅仅是为林忆莲吗？怎一个红粉佳人了得？更何况："旧爱的誓言像极了一个巴掌，每当你记起一句，就挨一个耳光。"

另一位歌手是朴树。对，就是唱《白桦林》《那些花儿》的朴树。最喜欢他投入的、沉迷的样子了。多少次的演出，唱着唱着，似乎把自己唱没了，把全世界唱没了。不错，这般摧毁性的感染与感召，送我去艺术的天堂。

比台上更公开的场合，一个人为另一个人泪流满面，并且一次、两次、三次、四次，唯有巩俐。从相识到相知，从相知到相许，从相许到相别，幽眇的情感世界里，或惠风和畅，或芳草凄迷，谁也看不清那笔有始无终的糊涂账。说什么呢？只能说：张艺谋今生有福了！

他们都是活得精彩的人，都与爱情有关。还好，老去的是岁月，而不是情怀。今年获得香港影展金奖的一幅照片，题为《吻别》,令我心动甚至心疼。据说,它是在医院重症监护室里拍下的。病床上的老人已经被下了病危通知书,有那么一刻,昏迷中的他清醒过来,颤抖着说:亲亲,亲亲。老太太听到后泪流满面,深情地吻了丈夫。

无疑问,内心百转,流泪的方式也不尽其然。盈、弹、挤、涌、滚、飞,情之所至,各显神通。我呢,直到陷入"左边的鞋印才下午,右边的鞋印已黄昏"的洛夫叹,才发现自己单单适合做儿子,然而硬着头皮矻矻前行,还做了丈夫,还做了父亲,还做了姥爷。忧伤成了别人的项链和手链,我活我自己的。每每触碰到幸福、痛苦及悲悯的极限,难免片断的泪流满面。哭也无声,诉也无声,挚切而深远,灌溉着生命,灌溉着……我的不肯老去的生命。

泪者,水也。静静地汪在身体里,偶尔地激荡。外溢出来的,往往是汗。

所有的文字都是落叶

"英雄煮酒，编辑煮字。这一生，你我都沉醉于文字，文字教人首先要接纳及包容。"

2019年1月4日清晨，寒风踟蹰，不尽兴，尚未收拢夜翅。启车后，我慢慢地行驶，似乎不知道去向何方。脑屏幕上，全是你，形态各异的你。我努力地睁大眼睛，想把你望穿，奈何泪水涟涟……

天啊，我不愿意送你。送到哪里，都不是我的意愿！

单单地陪陪你，陪陪单单的你。

吊唁大厅，哀乐低回。你的亲人、朋友、同事来了那么多，黑压压的，压得我心痛。可你，你不让我心痛，你静静地躺在花卉簇拥的灵柩里，拽我到你头顶的方位再次地三鞠躬。恍惚间，你编发过的所有文字和图片都是飘飞的落叶，轻轻地，慢慢地，替岁月诉一怀离绪。

对于一个人，33年的煮字生涯，堆积成了岁月。

最初，你进入《城市时报》工作，我已经在专刊部等你两个月了。大致情况是这样：我 1984 年 7 月入职，先做"色报"（《红色社员报》），年底转战"时报"。你人高马大、笑容可掬的样子，看上去就让人踏实。那会儿，一个办公室 8 个人，都是意气风发的年龄，梦想在心里也在手下。我手下是"天池副刊"，你手下是"星期刊"，同事并非"同事"。后来，鬼使神差，彼此更近密，你说你是农民的孩子、我是工人的孩子，咱俩是"工农联盟"。我向四周看，可不是咋的？前脚后脚进报社的大学生，要么父母是高官，要么是高知，内心则有些惺惺相惜了。

再后来，我转战于《吉林日报·东北风》周刊，直到今天。其间，你去了长春分社、《今日财富》、二编室几个岗位，不变的是彼此的关切与问候。尽管你早已经不穿蓝色中山装了，每次碰到或想到，我脑海中依旧免不了你那"一本正经"的形象。哦，人与人之间，最难忘记的原来是衣服，而且连带着发式。你的发式总是长长的、黑黑的、乱乱的，春夏秋冬一个样儿，永远不分季节。近些年里，见你头顶上稀疏了许多，忍不住便问，你染发吗？你居然流露出些许的羞涩，道："不染不行啦，白一多半了。"才知道，你跟我一样怕老。且慢，我除了怕老，还怕病，还怕穷。学文，你怕吗？怕，还是不怕？

英雄煮酒，编辑煮字。这一生，你我都沉醉于文字，文字教人首先要接纳及包容。往深一层说，文字带给你我的是什么，外人是无法体会的。越是倾注文字，越是寄托文字，何止是字里刨食那么简单？班上的时候，总是见你一个人对稿件孜孜以求的神态，便不肯多叨扰。遇见我，你总是问这问那，包括惯称的康老师、梦卓，包括我的大哥、二哥、妹妹和弟弟。你说，康老师的小鸡炖蘑菇做得真好。20世纪80年代中期的口感，不足为信的，却一直存留在你的记忆里，历久弥香，谁料竟成了永远的念想。

早就说好了，退休以后要一起去旅游的，去巴黎或者罗马。也自然会有更多的时间，在一起搓麻、打牌、下跳棋、喝啤酒呀！对了，你知道我不怎么喝酒，大家聚一桌时，便常常把我的杯中之物倒入你的杯中，以优待我为己任。偶尔呢？你我沉入啤酒深处，只为躲到时光之外。现在告诉你，我最喜欢看你饮而"干之"的豪气了。对朋友，对同事，对乡亲，你的豪气无所不在，义薄云天。

人是感情的动物，表达方式却不尽相同，你在你的"随意"中接近或抵达你的"随心"。有你这样一位同事，单位多了一份温暖；有你这样一个朋友，生活多了一种支撑。可是，可是你怎么突然就抽身了呢？你去了哪里啊？哪里比同事和朋友更需要你呢？这几天，从你办公室的门前走过，我下意识地盯着那个把手看，却不敢上前拧动。我怕你藏在里面不起身甚至不吭声，一个人没头没脑地调理和润色稿件，顾不上我了。以往，你总是半开着门，锁眼儿挂着那串钥匙。在呢，我就进去打个招呼；不在呢，心下则犯嘀咕。好多次，你恰巧从电梯或卫生间那边走过来，半明半暗的楼道里，几乎装不下你高高大大的身影。这回，让我冲着空气再喊你一声学文吧，你会及时出现的是吗？哪怕嘻哈一场，然后各忙各的事去……

料理完后事，肖瑛用你的手机给"吉报编辑部"发了一条微信，说吉林日报社是王学文永远的骄傲。不错，作为一片叶子，所有的员工无不受恩于吉林日报社这棵大树。我想追加一句：王学文也是吉林日报社永远的骄傲。为什么不呢？你一个编辑，在自己的责任田里默默地耕耘、奉献、守望，水清兮濯缨，水浊兮濯足，直到生命的最后时刻，多么值得骄傲！

58年了，什么没有经历过？不就是一口气吗？学文，安息吧。死，何尝不是伟大的生？所谓"云梦吞八九，沧溟击三千"，你走你的，把影子留下来，供我孤寂时怀念。

只是，你一定要走好啊……

一个人

　　阿勒泰，有三好：山好，水好，人好。

　　山好不好呢？阿尔金会告诉你；水好不好呢？额尔齐斯会告诉你；人好不好呢？高海滨会告诉你。

　　2015 年 6 月 30 日至 7 月 7 日。高海滨像影子一样，跟吉林省作家代表团缠来绕去、绕去缠来，就把整个的阿勒泰玩于股掌之上了。不，是阿勒泰这块魔方知心知意，极尽神石城、阿贡盖提草原哈萨克民俗风情园、喀纳斯湖、恰巴河畔白桦林、五彩滩、中苏博物馆、可可托海大峡谷、奇石馆等，星光灿烂，彻底俘获了我们这伙子远方来客。

　　迷醉的眼光里，除了好山好水，就是高海滨了！

　　高海滨，阿勒泰地区文联副主席。最初见到他，只领略了他的一脸笑容。7 月 1 日上午十点半，地委三楼会议室里，吉林省援疆干部与前来采风的作家座谈，邀几位当地诗人、作家以嘉宾的身份出席。介绍到高海滨，他立马站起来，不失时机地赠送一笑。礼节性的笑容，受看未必受用。不过，沾文联副主席的光，还是让我多看了他片刻。

尽管是片刻，我仍断定他是位仁兄。"夫仁者，己欲立而立人，己欲达而达人"。显然，我是走神儿了，一下子"走"到《论语》里了。没什么道理，我这人习惯走神儿。

以后的几天里，访问，采风，观光，一个楼住着一辆车坐着，一张桌吃着一个话题说着，面对他由衷的笑容，我经常性地走神儿。我沉默中，他可能也感觉到了，抑或体察到了。

男人与男人之间，有些事情不说为妙，是谓"妙不可言"矣！

譬如，当我知道他成为我们采风团一行的"导游"时，很有些不爽。私下想，粗壮的半大老头儿了，哪比得上丁香般的女孩子？举手，投足，莺声，燕语，得扫去多少疲惫与烦闷？倘再善解人意，眉目传情，扫上谁一眼，谁不幻成七分神仙才怪呢！

错了的居然是我。高海滨身前身后地"伺候"着，笑容里，时而天文，时而地理；时而风物，时而习俗；时而神话，时而传说；时而家长，时而里短。但凡是需要，他便不厌其详地"时而"下去。车在旅途上行驶，窗外的飞鸟流云、山川河谷、树木花草——讲得地道，讲得明白。叫他阿勒泰的"百科全书"，似不为过。

幸亏，一路上有他。

仁者高海滨，却也十足是一个趣者。年近花甲，童心未泯，车上空间逼仄，他没法施展舞姿，就用故事讨取大家的欢心。半睡不睡随你，似睡非睡随你，他却醒着或努力地醒着。那一段即兴的维吾尔语表演，声情如暴恐："羊肉吃了没有？奶茶喝了没有？……"其实，他既非维吾尔族，亦非哈萨克族，纯粹的汉人汉姓。6岁的时候，跟父亲从河北沧州到新疆阿勒泰，一转眼，半个世纪逝去，没有逝去的是他随遇而安的快乐精神，上帝的旨意嘛。他也很会快乐，初识格致和东珠，便"格格""东东"地叫个不休，叫得那个近、那个亲、那个乐啊！

他不光与女士近，与女士亲，与全团的男爷们儿都近都亲。与其说高海滨是勤勉的导游，毋宁说是勤恳的秘书。谁喊一声高主席，他便会及时出现在眼前，又是说又是笑，说说笑笑中，水乳暗自交融了。交融了的水乳，还怎么分开水和乳？7日早餐后，本该道别了，他却执意陪大家到乌鲁木齐。天山之北之南，六七个小时车程，一路颠簸一路情，终于抵达徕远宾馆。岂料，握过每个人的手后，他便鱼一样隐没在街头的人海中，再也没了踪影。

诗言道："今年欢笑复明年。"更期待："秋月春风等闲度。"

魅力阿勒泰，此行匆匆，转眼成了回忆。结识高海滨是福，这念头漫过了我们的额头及心田。不错，福中作乐，是文人翻手覆手的把戏，所有的把戏重新调理了我的记忆和唯留下深深的爱。